# WHITEFOOT
# THE WOOD MOUSE

## 森林鼠怀特富特

[美] 桑顿·W.伯吉斯 著　　王宝 译

中国画报出版社·北京

### 图书在版编目(CIP)数据

森林鼠怀特富特 / (美)伯吉斯著;王宝译. -- 北京:中国画报出版社,2018.4
ISBN 978-7-5146-1502-9

Ⅰ.①森… Ⅱ.①伯… ②王… Ⅲ.①童话—美国—现代 Ⅳ.①I712.88

中国版本图书馆CIP数据核字(2017)第321217号

# 森林鼠怀特富特

[美] 桑顿·W.伯吉斯 著    王宝 译

出 版 人:于九涛
责任编辑:代莹莹
版式设计:詹方圆
责任印制:焦 洋

出版发行:中国画报出版社
地　　址:中国北京市海淀区车公庄西路33号 邮编:100048
发 行 部:010-68469781  010-68414683(传真)
总编室兼传真:010-88417359  版权部:010-88417359

开　　本:32开(787mm×1092mm)
印　　张:6.25
字　　数:75千字
版　　次:2018年4月第1版　2018年4月第1次印刷
印　　刷:三河市文通印刷包装有限公司
书　　号:ISBN 978-7-5146-1502-9
定　　价:25.00元

# 出版说明

为了使读者朋友们全面了解这套动物小说，特作如下说明。

**关于作者：**桑顿·W.伯吉斯（1874—1965）是美国国宝级儿童文学大师，世界三大动物小说大师之一。另外两位动物小说大师是欧内斯特·汤普森·西顿和亚瑟·贝雷。

桑顿·W.伯吉斯的动物小说主打"温情"，欧内斯特·汤普森·西顿的动物小说主打"悲情"，亚瑟·贝雷的动物小说主打"恩情"。三种动物小说风格各异，蔚为大观，共同构成了20世纪前半叶世界动物小说的美丽画卷，促成了20世纪50年代后动物小说流派的开枝散叶和开花结果。动物小说创作的兴起和发展，赖此三子；动物小说的受欢迎和热销，亦赖此三子！

1874年2月14日，桑顿·W.伯吉斯生于马萨诸塞州的桑威奇。同年，他的父亲病逝。从此，他与母亲相依为命，母子二人生活清苦。童年时，他就放牛，摘野草莓，收野浆果，从池塘里运水莲，卖糖果，抓麝鼠……

桑顿·W.伯吉斯的第一位雇主是威廉·C.奇普曼。威廉·C.奇普曼的居住地遍布森林和沼泽，是野生动物生活的天堂。优美的环境深深地印在小伯吉斯的脑海里,后来激发了他无限的创作灵感。他的作品中的许多地点,譬如哈哈溪、微笑池塘、格林森林、格林牧场、蔷薇丛等,莫不与其童年的经历有关。

1891年,桑顿·W.伯吉斯毕业于桑威奇高中。1892年到1893年,他在波士顿一所商科学校短暂学习过一段时间。不过,他对商科不感兴趣,一心想成为作家。最后,他选择了菲尔普斯出版公司(Phelps Publishing Company),担任编辑助理。

1905年,桑顿·W.伯吉斯与妮娜·奥斯本喜结连理。遗憾的是,一年后,妮娜·奥斯本去世了,留下一子。据说,桑顿·W.伯吉斯之所以创作动物小说,是因为他想通过给儿子讲故事,陪儿子长大。1911年,桑顿·W.伯吉斯再婚。他的妻子叫范妮。范妮结过一次婚,嫁给桑顿·W.伯吉斯时已经是两个孩子的母亲了。1925年,夫妇二人在马萨诸塞州的汉普登买了一所房子。桑顿·W.伯吉斯在这里一住就是三十二年,直到1957年。其间,他常回桑威奇。他经常说,桑威奇是他的精神家园。桑威奇的经历,桑威奇的熟人,都强化了他的创作志趣,促进了他的文学风格的形成。五十年来,他笔耕不辍,著作等身,其中出版的动物小说就达一百七十种,为日报专栏写的动物小说故事就更多了,超过了一万五千篇。1960年,桑顿·W.伯吉斯最后一本书《业余自然主义者自传》(*Autobiography of an Amateur Naturalist*)面世,讲述了他从懵懂顽童走向文学生涯巅峰的故事。1965年6月5日,桑顿·W.伯吉斯病逝,享寿九十一岁。

**关于作品:**本次出版桑顿·W.伯吉斯的作品共十二册,分别是《快乐的松鼠杰克》、《兔子彼得夫人》、《狐狸奶奶》、《猎犬鲍泽》、《大熊巴斯特的双胞胎》、《麝鼠杰里在微笑池塘》、《乌鸦布雷奇》、《水貂比利》、《小水獭乔》、《森林鼠怀特富特》、《长腿苍鹭》和《鹿莱特富特》。每本书都以一个小动物为主题,讲述了跌宕起伏的冒险故事,演绎了"温情"这个主旋律。无论主角还是配角,都向往"公平"和"友好"。大自然母亲,西风妈妈和她的孩子们——快乐的小微风,太阳公公,月亮婆婆,北风哥哥和冰霜杰克等配角莫不如此,更不用说快乐的松鼠杰克等主角了。此外,伯吉斯将"环保理念"融入了小说。随着伯吉斯动物小说影响的不断扩大,"环保理念"进入千家万户,积极地推动了20世纪50年代后环保主义、自然保护主义和可持续发展主义的兴起。

关于版本:本书依据纽约格罗塞&邓拉普(GROSSET & DUNLAP)出版公司的版本翻译而成。

关于丛书的影响:(一)多语种出版,全欧美畅销。桑顿·W.伯吉斯生前及去世后,其作品被翻译成德语、法语、意大利语、西班牙语、瑞典语、盖尔语等十多个语种,据说,总销量已经超过一亿册。(二)桑顿·W.伯吉斯的作品中的主角"兔子彼得"(由哈里森·卡迪创作)与比阿特丽克斯·波特创作的"彼得兔"一争高下。桑顿·W.伯吉斯说:"比阿特丽克斯·波特创作的'彼得兔'形象名扬全世界,而我和哈里森·卡迪创作的'兔子彼得'同样深入人心。"(三)自然广播联盟近五十年大力推荐,美国三十个州数千万人受益匪浅。从1912年开始,桑顿·W.伯吉斯通过自然广播联盟播出他的动物小说,美国三十个州数千万人收听,深受父母和老师们好评。(四)推进动物小说在美国的普及,桑顿·W.伯吉斯荣膺"世界三大动物小说大师之一"的美誉。五十年辛苦不寻常,他的"温情"动物小说与世界另外两位动物小说大师西顿和贝雷的作品分庭抗礼，不分伯仲。（五）促进了环保理念在美国上下的普及。《迁徙性野生动物保护法》诞生，桑顿·W. 伯吉斯功不可没。以保护土壤为目标的"格林森林俱乐部"（The Green Meadow Club）和以保护野生动物为目标的"睡前故事俱乐部"（The Bedtime Stories Club）的成立，离不开桑顿·W. 伯吉斯的努力。（六）荣获波士顿科学博物馆（Museum of Science，Boston）金奖和永久性野生动物保护（Permanent Wildlife Protection Fund）特殊贡献奖两项大奖。

**关于译者**：本书译者为西安科技大学李黎老师与王立言老师、兰州交通大学的王宝老师与赵娟丽老师、陇东学院的韩晓老师以及资深翻译王清老师。其中，李黎老师翻译了《快乐的松鼠杰克》《兔子彼得夫人》，赵娟丽老师翻译了《水貂比利》《麝鼠杰里在微笑池塘》《长腿苍鹭》，王宝老师翻译了《乌鸦布雷奇》《大熊巴斯特的双胞胎》《森林鼠怀特富特》《鹿莱特富特》，王立言老师翻译了《猎犬鲍泽》，韩晓老师翻译了《小水獭乔》，王清老师翻译了《狐狸奶奶》……各位老师治学严谨，译笔优美，为确保本书的质量奉献良多。在此，深表敬意。

尽管出版前我们做了许多工作，然而不足之处实难避免，欢迎读者朋友们批评指正。

# 目录

第一章 糖厂里的小暖窝……002

第二章 森林鼠怀特富特的美食……008

第三章 与农夫布朗的儿子混熟了……014

第四章 小窝遭殃了……020

第五章 农夫布朗的儿子的妙招……026

第六章 森林鼠怀特富特跌进了树液里……032

第七章 绝望的森林鼠怀特富特……038

第八章 农夫布朗的儿子及时出现……044

第九章 天敌……050

第十章 雪鸮怀迪……056

第十一章 鼬鼠沙道来了……062

第十二章 敌人最终成了帮手……068

第十三章 果断搬家……074

第十四章 鼬鼠沙道去而复返……080

第十五章 恐怖的旅途……086

第十六章 遇见伯劳布彻……092

第十七章 伯劳布彻失去了一顿晚餐……098

第十八章 与鼯鼠蒂米共处一室……104

第十九章 鼯鼠蒂米的储藏室……110

第二十章 "装修"新家……116

第二十一章 鼯鼠蒂米晚间的例行运动……122

第二十二章 鼯鼠蒂米引开猫头鹰胡提……128

第二十三章 可怕的一夜……134

第二十四章 森林鼠怀特富特郁闷了……140

第二十五章 孤独就是症结所在……146

第二十六章 丹迪小姐……152

第二十七章 森林鼠怀特富特夫妇……158

第二十八章 找房子……164

第二十九章 改造老屋……170

第三十章 乔迁新居……176

第三十一章 被太太撵出家门……182

第三十二章 四个鼠宝宝……188

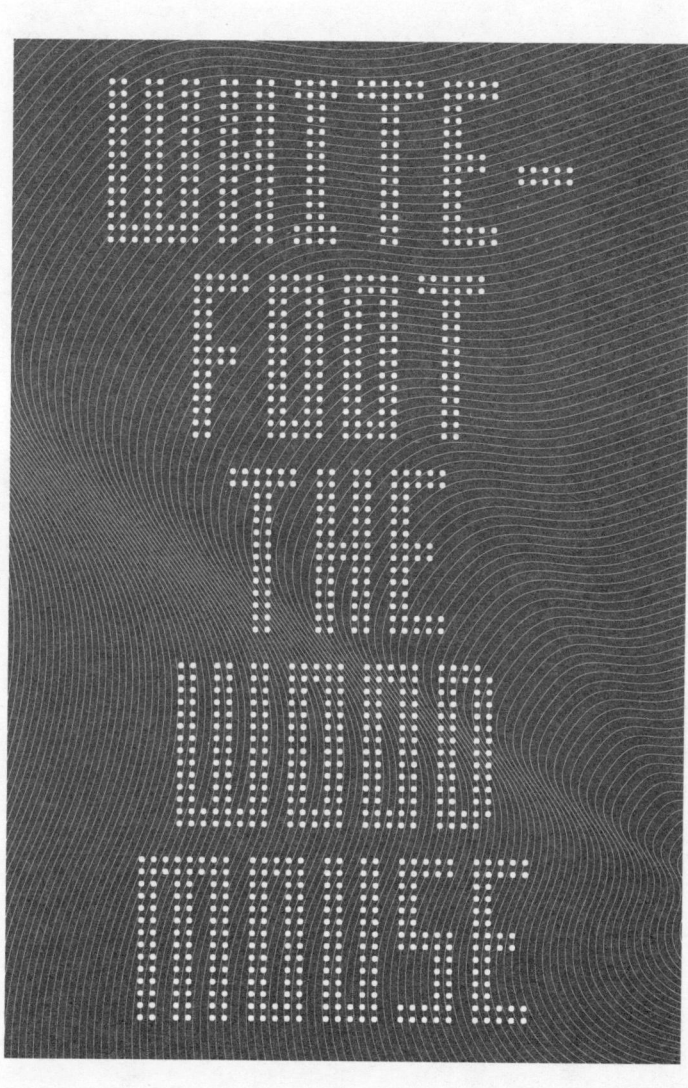

# 第一章
## 糖厂里的小暖窝

过去的事就过去了,
　多想无益。
至于未来的事情,
　等它们发生时,
　有的是时间考虑。

在森林鼠怀特富特短暂的一生中，这是他度过的最愉快的一个冬季了。森林鼠怀特富特是那些聪明小动物中的一员。他们从来不会让过去的不快破坏当下的愉悦。他们也不会杞人忧天，为还没有发生的事情发愁。森林鼠怀特富特相信，要活在当下，过去的事就过去了，多想无益。至于未来的事情，等它们发生时，有的是时间考虑。

有许多事情让森林鼠怀特富特担惊受怕。如果你我也像他那样，有那么多要担心的事情，我们可能永远都不会开心。可是，森林鼠怀特富特总是高高兴兴的。在这方面，他可比大多数小动物聪明多了。你瞧，格林森林里没有哪个小动物像森林鼠怀特富特那样，有如此多的敌人要小心提防。有太多动物喜欢吃胖嘟嘟的小个子森林鼠怀特富特了，像大熊巴斯特、水貂比利、鼬鼠沙道、负鼠比利叔叔、猫头鹰胡提以及鹰家族的所有成员。食物匮乏的季节，就连乌鸦布雷奇也想拿他饱餐一顿。另外，狐狸雷迪、狐狸奶奶和老郊狼也常常在找他。

所以，森林鼠怀特富特永远不知道自己哪一刻就要逃命。他这么胆小，一听到风吹草动就逃之夭夭。尽管如此，他仍然是一个快乐的小家伙儿。

初冬，在农夫布朗的糖厂的一个角落里，森林鼠怀特富特发现了一个洞。他爬了进去，想看看里面是什么样子。他很快就认定，这是他见过的最美妙的地方。他立刻决定搬进来，准备就在这里过冬了。糖厂的另一头有堆木柴。森林鼠怀特富特在木柴下面搭起一个温暖舒适的小窝。对他来说，这是一个真正的城堡。他把为过冬存下的种子都搬了进去。

他的敌人没有一个会想到他去了糖厂。即使他们想到了,他们也没办法进去。当凛冽的北风先生在屋外呼啸,雨水夹着雪花落下,其他小动物被冻得瑟瑟发抖时,森林鼠怀特富特却生活在温暖与舒适中。糖厂里有足够的空间供他尽情奔跑,尽情玩耍。他想出去的话也可以,但通常他不想。有那么一阵子,他没有受到一丁点儿惊吓。没错,森林鼠怀特富特度过了一个愉快的冬天。

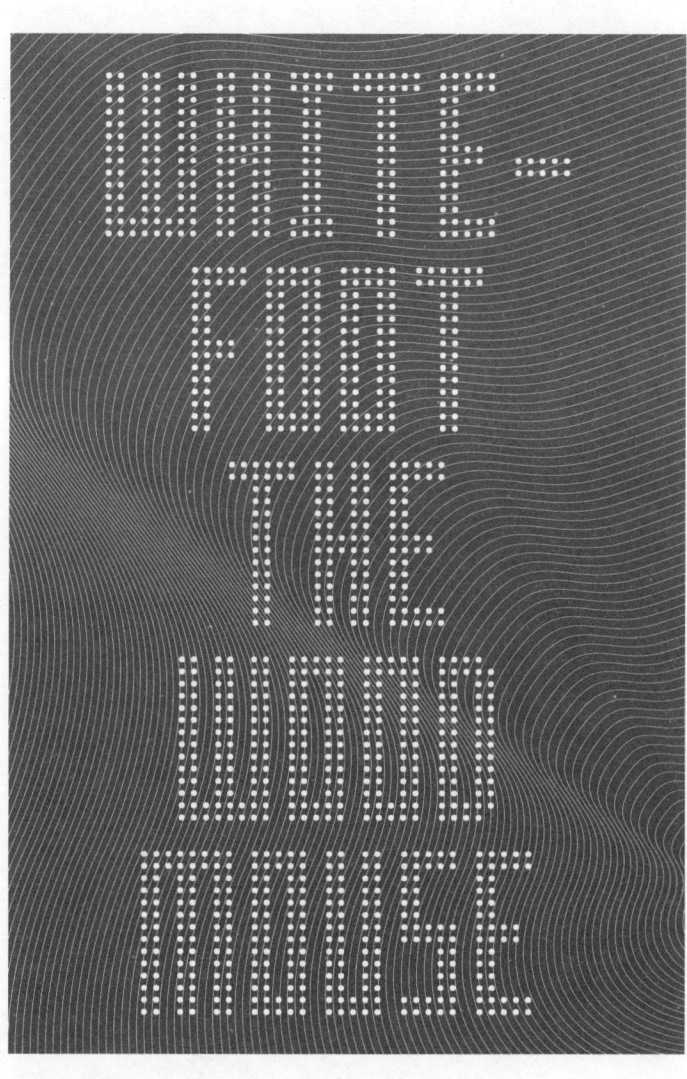

# 第二章
## 森林鼠怀特富特的美食

"两条腿的动物"真够怪,
 不过他们并不坏。

森林鼠怀特富特在农夫布朗的糖厂度过了一个平安无事的冬天。他几乎忘记了害怕的滋味。他甚至认为糖厂是属于他的。直到有一天农夫布朗的儿子走进来，开始准备一些制糖的东西，森林鼠怀特富特才又一次感到了恐惧。农夫布朗的儿子进门的一瞬间，森林鼠怀特富特就慌忙逃到了那堆木柴下面，躲进他那舒适的小窝里。他躺在那儿，听着一些奇怪的声音。最后，他终于忍不住了。于是，他偷偷地爬到一个地方，在那里，他可以窥探到外面发生的一切。不久，他发现那个"两条腿的动物"并没有要找他的意思，马上就感觉好多了。过了一会儿，农夫布朗的儿子走了，糖厂又属于森林鼠怀特富特了。

可是，农夫布朗的儿子忘了关门。森林鼠怀特富特不喜欢大门敞开着，这让他非常不舒服——这样一来，就没有东西可以阻挡那些觊觎他的动物了。因此，那晚接下来的时间里，森林鼠怀特富特一直都处于紧张不安之中。

第二天，农夫布朗的儿子又回到糖厂忙忙碌碌地收拾东西，森林鼠怀特富特感到更紧张了。接着，农夫布朗也来了。然后，奇怪的事情就发生了：糖厂变得像夏天一样热。你瞧，农夫布朗在锅炉下生了火。

森林鼠怀特富特好奇得很，他就躲在一个地方，一个他可以看到糖厂每个角落的地方。他看到农夫布朗和他的儿子把一桶一桶的树液倒入一个很大的锅里。渐渐地，一股诱人的香气溢满了整个屋子。不久，他发现这些"两条腿的动物"忙得不可开交，无暇注意他，他也就不再害怕了。于是，他就爬出去看着他们。

他看到他们从锅炉的一头压出金黄色的东西来，然后装进亮闪闪的锡罐。这样的日子过了一天又一天。每到晚上，他们离开后，糖厂又恢复了平静。森林鼠怀特富特偷偷跑出来，在他们吃午饭的地方找到一些美味的面包渣。他尝了一下那种厚厚的、金黄色的东西，发现那东西甜甜的，好吃极了。原来，这天晚上，布朗父子制糖的时候漏了一些糖，正好落在森林鼠怀特富特可以够得到的地方，所以他吃得肚子都要撑破了。他觉得自己快生病了。虽然他不理解那两个"两条腿的动物"做出的怪异行为，但他已经不再害怕了。

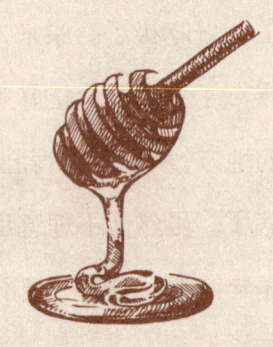

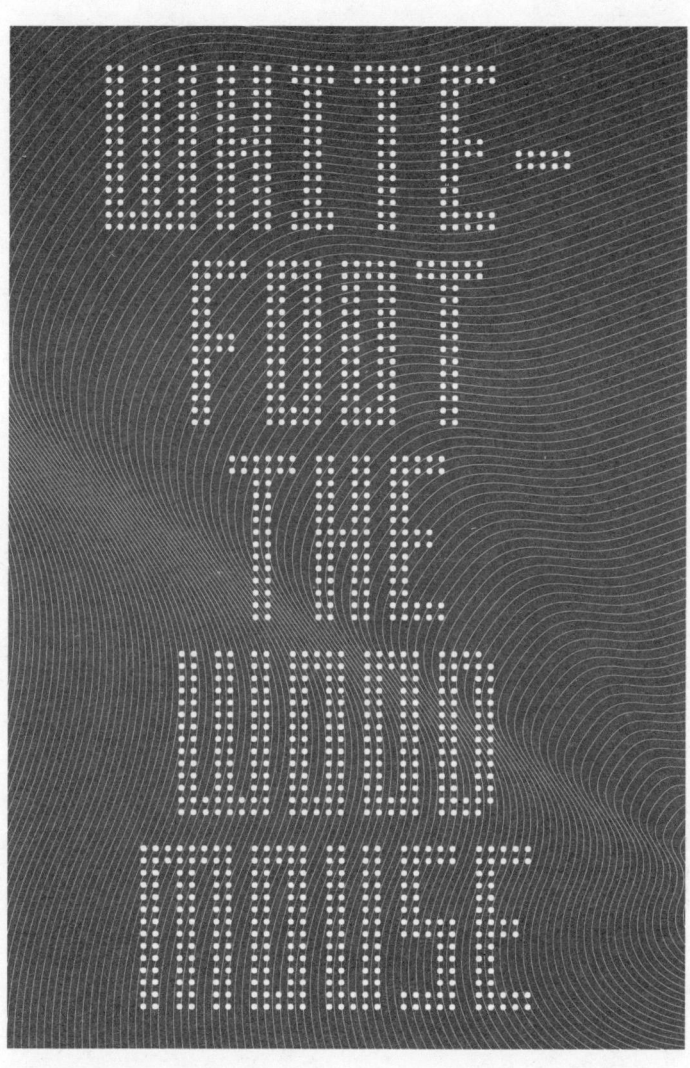

## 第三章
## 与农夫布朗的儿子混熟了

虽然胆小又害羞,
付出信任就能交到好朋友。

不久,农夫布朗的儿子发现,森林鼠怀特富特就住在他家的糖厂里。他无意中发现森林鼠怀特富特在偷偷地看他。农夫布朗的儿子对格林森林里的小动物十分宽容。他马上决定要和森林鼠怀特富特混熟。他知道,格林森林里没有比森林鼠怀特富特更胆小、更害羞的动物了。他觉得,赢得这样一个害羞的小家伙儿的信任,是一件了不起的事。

　　一开始,农夫布朗的儿子并没有特意关注森林鼠怀特富特。他心里明镜似的,森林鼠怀特富特还不知道自己已经被发现了。每天吃午饭的时候,农夫布朗的儿子总会在那堆木柴附近撒下很多面包渣。木柴堆下面正是森林鼠怀特富特的家。然后，他和他的父亲就会出去采集树液。等他们回来时，面包渣已经被吃得干干净净了。

一天，农夫布朗的儿子撒下一些特别美味的面包渣。但这次他并没有出去，而是坐在板凳上一动不动。农夫布朗和猎犬鲍泽外出了。森林鼠怀特富特听到他们出去后，就立刻从木柴堆下探出脑袋，看外面是否安全。农夫布朗的儿子坐在那里看得一清二楚，森林鼠怀特富特却没有看到他——农夫布朗的儿子没有弄出任何响动。森林鼠怀特富特填满自己的小肚子后，就开始往木柴堆下的储藏室搬剩下的面包渣。在森林鼠怀特富特来回搬运的路线上，农夫布朗的儿子撒下了更多的面包渣，一直撒到他的脚下。就在那里，他放了一大片面包皮。

森林鼠怀特富特卖力地搬运着这些美味的食物，动作很快。他是这样的全神贯注，都没有注意别的。

现在，他来到了放着面包皮的地方。森林鼠怀特富特一直心无旁骛，这时他无意中抬头一看，发现农夫布朗的儿子正看着他。他吓得"吱"的一声，慌忙逃了回去。很长一段时间里，他都不敢再出来。

可是，农夫布朗的儿子待在那里，一直没有动。最后，森林鼠怀特富特还是忍不住面包皮的诱惑，跑了出来。他冲到半路，又赶紧回去，然后又出来。终于，他硬着头皮跑到面包皮那里。他开始往回拖面包皮，想把它拖回到木柴堆里。他干这件事的时候，农夫布朗的儿子还是一动都不动。

接下来的两三天里，这样的事情发生了不止一次。森林鼠怀特富特不再害怕了，因为他知道农夫布朗的儿子不会伤害他。不久，他都敢从那个男孩的手里拿一点儿食物了。后来，农夫布朗的儿子发现，就算不把面包渣撒在地上，森林鼠怀特富特也会去找他要吃的，而他总是为森林鼠怀特富特预备好美食。

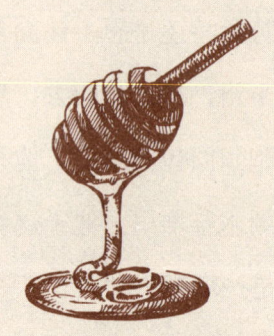

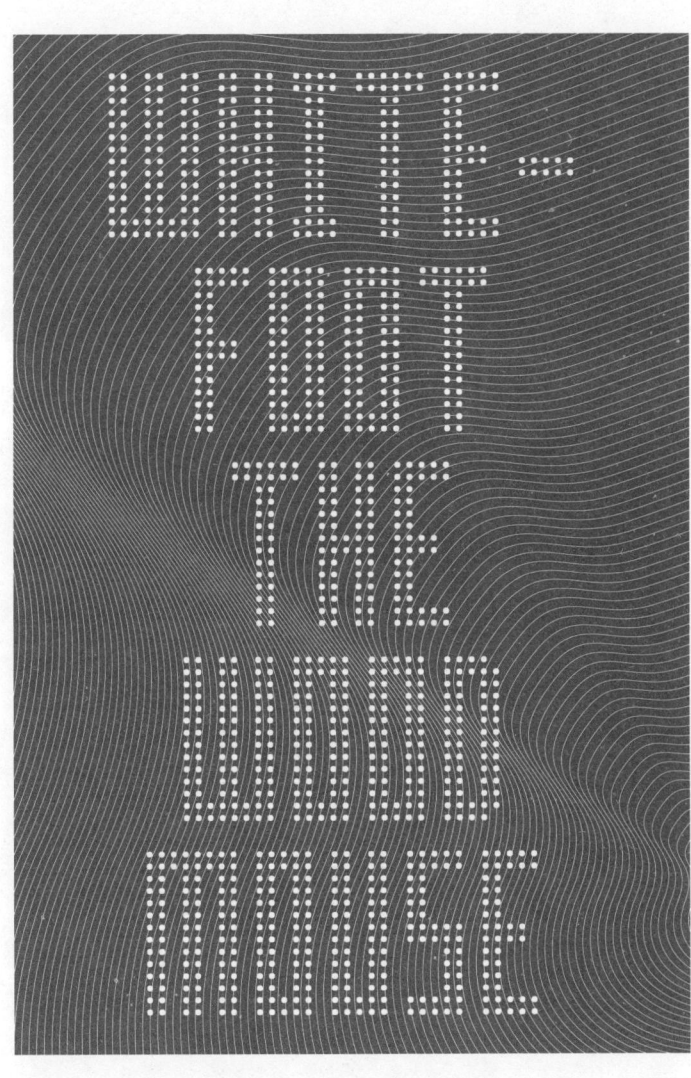

# 第四章
# 小窝遭殃了

用心交朋友,
朋友辜负了这份心,
教人如何不伤心!

我明白，悲莫大于发现朋友不再值得信任。有那么一阵子，森林鼠怀特富特几乎都有这样的感觉了。对森林鼠怀特富特来说，那段日子是在焦虑不安中度过的。

大家知道，森林鼠怀特富特和农夫布朗的儿子在糖厂里成了十分要好的朋友。他们的关系那么亲密，森林鼠怀特富特都可以毫不犹豫地从农夫布朗的儿子手里取走食物。他这一辈子都没吃过这么多好吃的东西。他变得越来越胖，最后他那漂亮的小外套都紧紧地箍在身上了，让他感觉不太舒服。农夫布朗的儿子制作枫糖浆和枫糖的时候，怀特富特可以无所畏惧地到处奔跑。他甚至都不再怕猎犬鲍泽——其实，鲍泽根本没发现他。

你还记得吧，森林鼠怀特富特在糖厂的一堆木柴下搭起了自己的家。为了加热树液来熬制糖浆和制作枫糖，农夫布朗和他的儿子当然用那些木柴来生火。起初，森林鼠怀特富特并没有把这当回事。直到有一天，他发现他的小家不再像以前那么暗了，一缕微光悄悄地透过木柴间的缝隙钻了进来。不久，又有一缕微弱的光线爬了进来。

从这时起，森林鼠怀特富特才开始担心起来。他意识到那个木柴堆正变得越来越小。如果它继续变小，迟早会一根木柴也不剩，那么，他的小家也就没有任何掩护了。当然，森林鼠怀特富特并不明白为什么木柴会慢慢消失。他开始怀疑是其他人搞的鬼。他老是想着木柴不断被拿走的原因。这段日子，农夫布朗的儿子对他还是和从前一样，还是那样善良和友好。木柴逐渐消失，越来越多的光线投进了森林鼠怀特富特的小窝里。

"噢，天哪，这是怎么了？"森林鼠怀特富特惊呼，"他们肯定在找我的家。可是，他们一直对我这么好，很难相信他们会对我不怀好意。我希望他们不要再搬木柴了，要不然我都没地方躲了。我可能要回我的树洞老家了。我不想那样。噢，天哪！噢，天哪！我之前那么快乐，现在却这么忧愁！为什么这快乐的日子不能一直持续下去呢？"

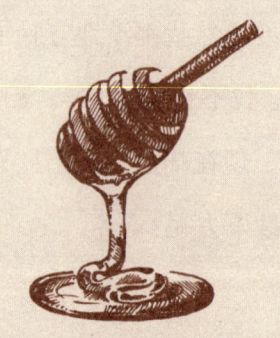

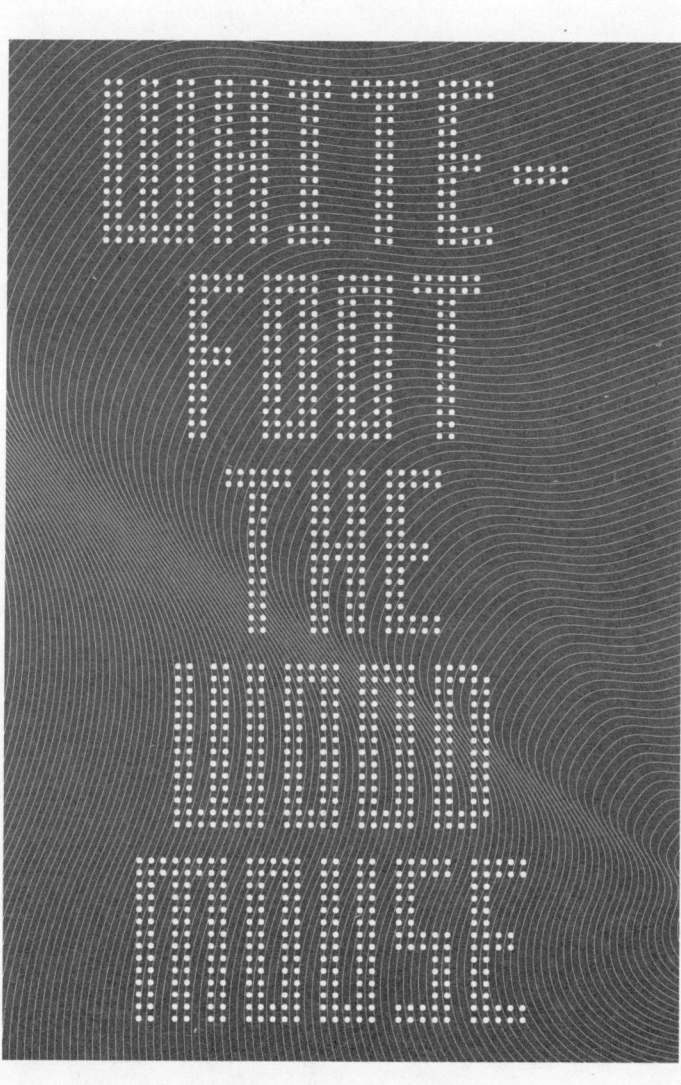

# 第五章
## 农夫布朗的儿子的妙招

你要知道,
　　好事多磨真奇妙!

你下次见到森林鼠怀特富特,可以问问他事情是不是这样的。渐渐地,木柴越来越少,森林鼠怀特富特的境况越来越糟。对森林鼠怀特富特来说,他似乎很快就要失去这个温暖舒适的小窝了。小窝上面的木柴消失得越来越快,似乎过不了多久木柴就会全部消失。

森林鼠怀特富特变得茶不思、饭不想了。他不再出来从农夫布朗的儿子手上取食物了。他默默地待在自己的小窝里,时刻担心着自己的命运。

现在,农夫布朗的儿子还不清楚自己带来的麻烦。他只想知道森林鼠怀特富特到底是怎么了。他开始担心起来，他怕他的小伙伴出事。他一边想着这件事，一边从柴火堆上取来木柴，准备生起火来熬树液，制作枫糖浆和枫糖。最后，当拿起两根大木柴时，他惊讶地轻呼了一声——那正是森林鼠怀特富特的小窝。它巧妙地藏在一堆木柴下。森林鼠怀特富特第一次搬进糖厂时，那堆木柴就在。森林鼠怀特富特吓得尖叫一声，匆忙逃出了大门。

农夫布朗的儿子明白了。他完全理解，像森林鼠怀特富特这样的小动物，都希望他们的家隐藏在黑暗中。"可怜的小家伙儿，"农夫布朗的儿子叹道，"他在这里有一个城堡，而我们却把它给毁了。他在这里的小窝温暖舒适极了，可只要这个地方一暴露，他就不会回来了。他很可能觉得我们一直在寻找他的小家。瞧，这里是他的储藏室。我一直纳闷儿这个小鬼怎么能吃那么多东西，现在我明白了——他把我给他的大部分食物都储存起来了。他这么做真是太好了。如果没在这里储存食物,他可能就不会回来了。我敢肯定,今晚,当一切恢复平静,他一定会回来带走他所有的食物。我必须做点儿什么让他留下。"

农夫布朗的儿子坐下来想了想。然后,他拿起一个旧盒子,在盒子一头开了一个小圆洞。他小心翼翼地把森林鼠怀特富特的窝放进盒子,又把盒子放在糖厂最黑暗的一个角落里。他把森林鼠怀特富特所有的仓储都搬到盒子里面,又出去拿了些铁杉树枝,放在盒子上面,摆成一个小堆。最后,他在外面撒了些面包渣。

那晚,森林鼠怀特富特确实回去了。那些面包渣将他引向了那个盒子。他钻了进去。那里面竟然是他温暖的小窝。森林鼠怀特富特一下子明白了。信任和快乐又回到了他的心里。

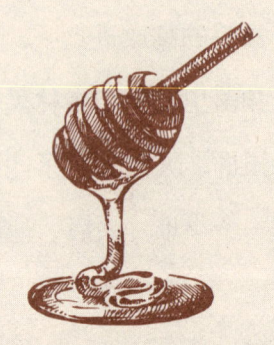

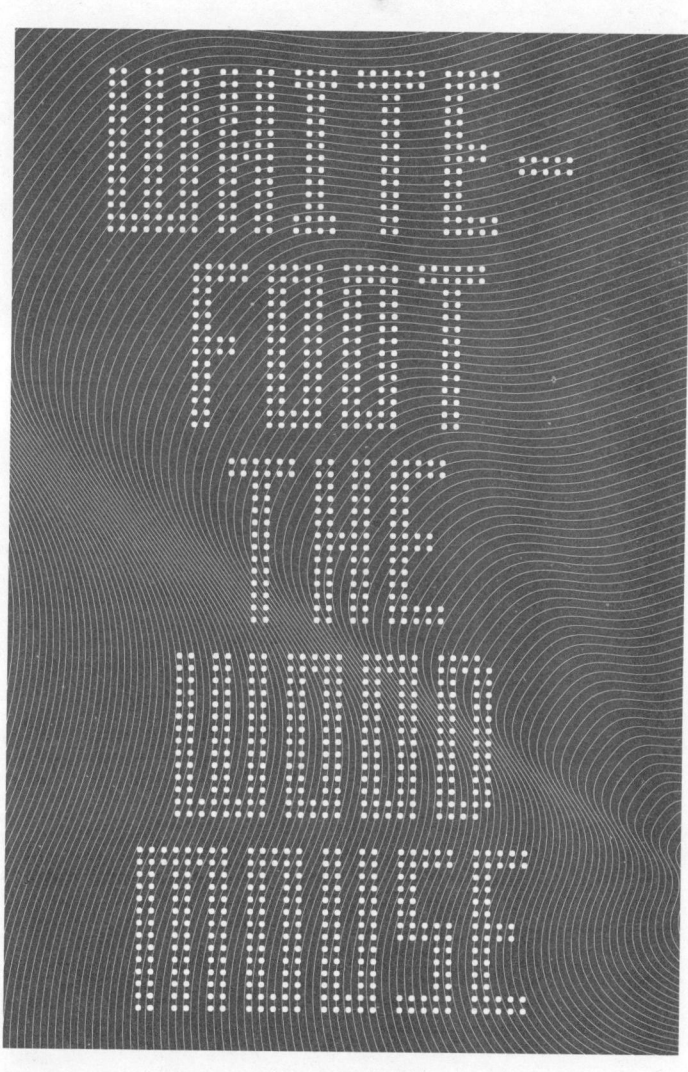

# 第六章
# 森林鼠怀特富特跌进了树液里

小心驶得万年船,
粗心大意惹麻烦。

森林鼠怀特富特又开心起来了。当他在糖厂最黑暗的角落发现那个旧盒子里的小窝和食物时,他知道,这肯定是农夫布朗的儿子为他准备的。这比之前的木柴堆好多了。对森林鼠怀特富特来说,这是他有生以来住过的最好的地方。不久,他就改变了离开糖厂的主意。不知为什么,他似乎知道,在这个家里,他不会再被打扰了。

于是,他重新布置了他的小窝并把所有存粮都放在旧盒子的一角。一切布置妥当后,他就走了出去。他不再害怕农夫布朗的儿子,他想看看外面发生的一切。他喜欢跳上农夫布朗的儿子有时坐的那个板凳。

有个地方挂着农夫布朗的儿子的外套，他会爬上那个地方，然后在外套口袋里翻来翻去。有一次，他想给小窝添点儿东西，就偷了农夫布朗的儿子的小手帕。结果，手帕一丢，那个男孩就发现了。他哈哈大笑着，把自己的手帕拿了回去。

吃的、睡的、玩的，一应俱全。那种绝对的安全感包围着森林鼠怀特富特。与以前的生活相比，他正在享受自己最快乐的日子。他知道，农夫布朗父子和猎犬鲍泽都是他的朋友。他还知道，只要有他们在，他的敌人就没有一个敢靠近他。当然，这也就意味着他现在没什么可害怕的了。危险不会降临到他的头上，至少，森林鼠怀特富特是这样想的。

可是，要防的不光是敌人。世事难料，有些事总是出乎意料。而且这些事几乎都是因为漫不经心或者粗心大意才发生的——正是因为不上心，森林鼠怀特富特遭遇了他这辈子最可怕的灾祸之一。

他一直在糖厂里跑跑跳跳,一直很享受这种让人开心的运动方式。一次,森林鼠怀特富特沿着农夫布朗的儿子常坐的板凳奔跑,打算从凳子的这一头跳到另一头,那里有一个盒子。不知怎么的,森林鼠怀特富特失手了!虽然这段距离并不长,但他不够小心,就没使劲跳,结果他没有跳上盒子,反而跌进了盒子旁放着的半桶树液里!

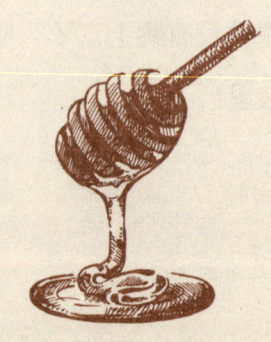

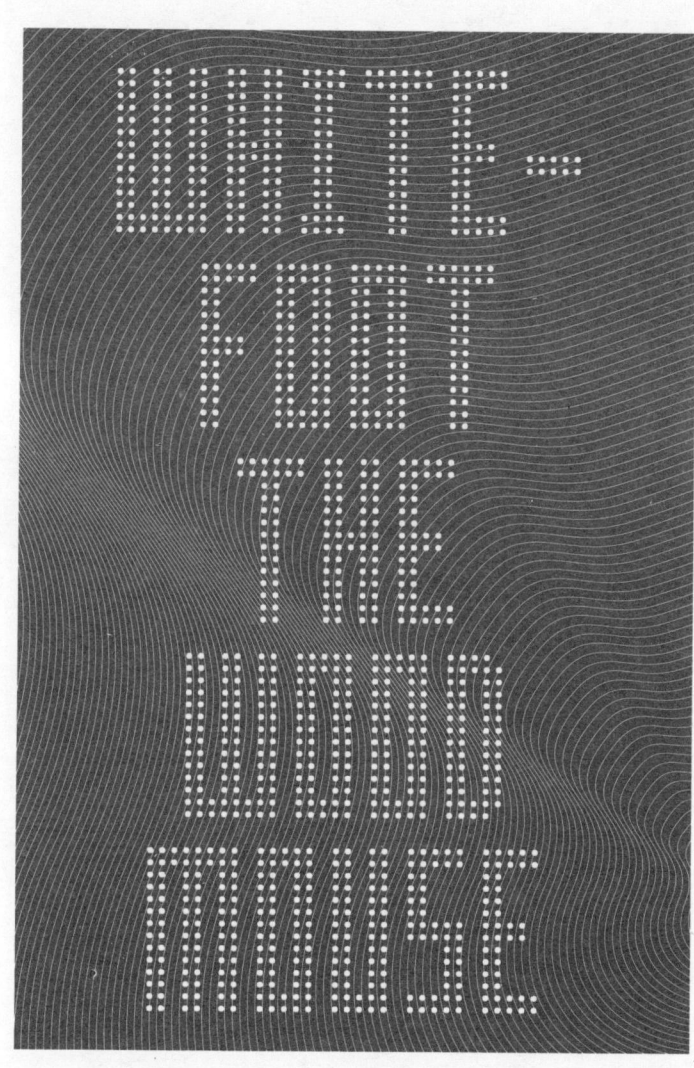

# 第七章
## 绝望的森林鼠怀特富特

没有朋友在身旁,
遇到危险真绝望。

森林鼠怀特富特遇到过许多危险,甚至九死一生。可是,他从来没有像现在这样绝望。一落入那桶树液,他就拼命地向外游起来。虽然他不是一个游泳好手,但足够浮在树液上面一阵子了。他的第一个想法就是爬到锡桶上边。等他碰到桶壁,试图用他尖利的小爪子抓牢然后往上爬时,他发现自己根本爬不上去。虽然他的小爪子很锋利,可它们不停地打滑。他挣扎着想要站起来,结果一下子又掉了回去。这次他囫囵掉到了树液里。他开始喘不过气来。接着,他在桶里转着圈,不停地划呀划。过了几秒,他又去试着攀登那个可恶的、光滑的、亮闪闪的桶壁。他越向外爬就越害怕。他陷入了巨大的恐慌中，几乎要失去理智了。他越拼命挣扎，就越感到疲惫，溺亡的危险也就越大。

　　森林鼠怀特富特绝望地吱吱叫了起来。他不想淹死，当然不想，他想活下来。除非他能很快从那个桶里出来，要不然他一定会淹死。他清楚这一点，也明白自己坚持不了多久。他知道，只要停止划动，自己就会沉下去。他疯狂地挣扎着。他已经筋疲力尽，似乎无法继续坚持了。但无论如何，他还在不停地划着，这样他还可以浮在树液上面。

　　森林鼠怀特富特也搞不清自己为什么还在不停地挣扎。这并不是因为他心存希望。其实，他一丁点儿希望都没有。现在他知道，他没办法爬出锡桶，而且也没有其他出路逃走。可是他还在不停地划动，这是唯一浮在树液表面的办法。他确定自己最终还是会沉下去——到撑不住的时候就要沉下去了。整个过程中，森林鼠怀特富特一直在吱吱地叫着求救，那声音听起来非常绝望，非常可怜。他一圈圈不停地划动，虽然他不知道自己在干什么，但他还是一直划动着。

# 第八章
## 农夫布朗的儿子及时出现

有了朋友真幸福,
患难之际见真情。

疏忽大意的森林鼠怀特富特不小心跌进那只装了半桶树液的锡桶时，糖厂里一个人也没有。农夫布朗和他的儿子出去采集树液了，猎犬鲍泽也跟着他们出去了。

　　农夫布朗的儿子第一个回到糖厂。就在森林鼠怀特富特准备放弃所有希望的时候，他进了屋。他先是直接走向火堆去添木柴。做完这项工作后，他听见了微弱的吱吱声，那声音听起来可怜极了。

　　农夫布朗的儿子怔在那里，仔细地听着。他又听到了那个微弱的声音。这次，他一下就听出了那是森林鼠怀特富特的声音。

"哎呦！"农夫布朗的儿子喊道，"这声音听起来好像是森林鼠怀特富特遇到什么麻烦了。这小鬼这会儿在哪儿呢？他一定遇到了什么麻烦。我必须得搞清楚发生了什么事情。"这时，农夫布朗的儿子再次听到了微弱的吱吱声。声音太小了，他根本听不出到底是从哪里传来的。他十分慌乱，急忙把糖厂找了个遍。他每找一会儿就停下来，想弄清楚那可怜的吱吱声传来的方向，但他听不清楚。此刻，吱吱的声音变得越来越小了。

最后，农夫布朗的儿子恰巧停在了那半桶树液旁边。他又听到了微弱的吱吱声，还有一点儿液体飞溅的声音。正是这声音让他往下看了看。他立刻就搞清楚了。他看到可怜的森林鼠怀特富特正无力地挣扎着，脑袋都已经垂了下去，快要淹死了。

农夫布朗的儿子立即弯下腰，抓住森林鼠怀特富特的长尾巴，一下把他拉了出来。森林鼠怀特富特快淹死了，所以他连蹬蹬小腿的力气都使不出来。农夫布朗的儿子拎着森林鼠怀特富特轻轻地摇着。此时，他的眼睛里充满了怜悯。他试着把森林鼠怀特富特身上的树液甩掉。树液从森林鼠怀特富特的鼻子和嘴里流了出来，他开始喘气了。接着，农夫布朗的儿子在火堆旁铺开自己的外套，把森林鼠怀特富特卷进自己的手帕，然后轻轻地放在外套上。有那么一会儿，森林鼠怀特富特就躺在那里喘息。过了一阵子，他就可以自己呼吸了。但他还是很虚弱，全身上下动弹不得。于是，他就静静地躺在那里。农夫布朗的儿子待在他身边，轻轻地抚摸着他的小脑袋，一直向他道歉。

　　森林鼠怀特富特渐渐恢复了体力。最后，他坐了起来，接着又走了起来。尽管他的腿脚还不是很灵活，走起来颤颤巍巍的，但他还是走了起来。农夫布朗的儿子在他够得着的地方放了些好吃的。森林鼠怀特富特吃着东西，他那双美丽温柔的眼睛里流淌着感动。

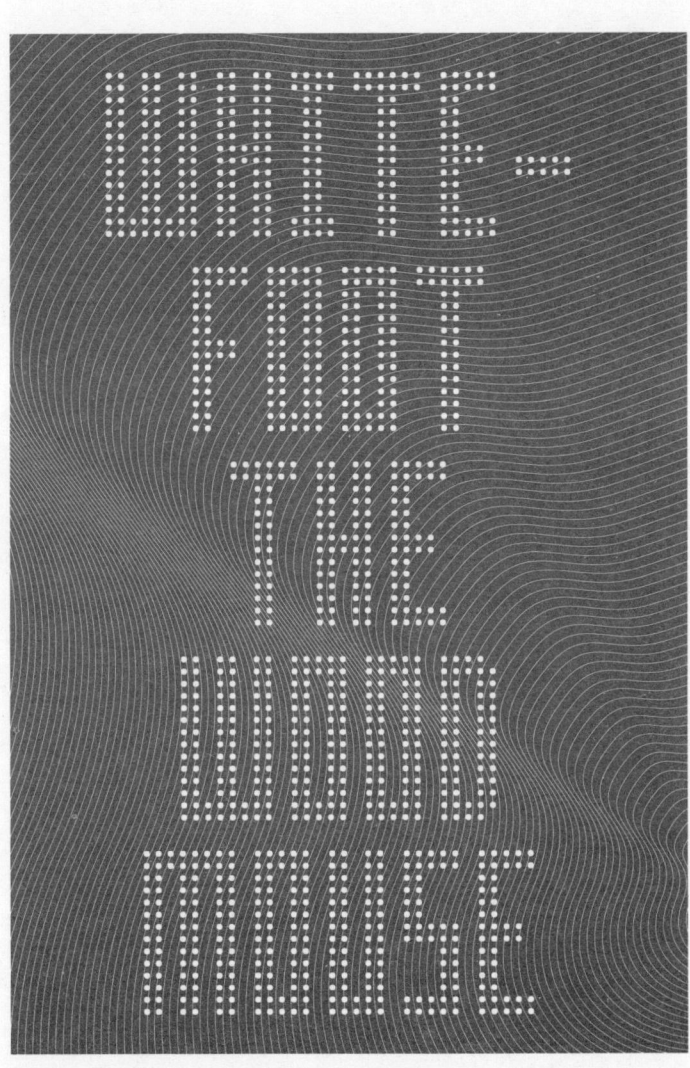

# 第九章
## 天敌

人生考验无处不在,
全力以赴做到最好就行。

野兔跳跳蜷缩着躲在格林森林里的一棵树底下。如果没有恰巧经过那里,你是绝对不会发现他的。至少,我觉得是这样。即使你看到他了,你也很可能认不出那是只兔子。你要知道,跳跳那白色的外衣像极了雪——他整个儿看起来就像是一小堆白雪。

野兔跳跳没有注意到面前有个小圆洞。他对那个小圆洞不感兴趣。在格林森林里,那样的小圆洞在雪堆中到处都是。野兔跳跳对这些小圆洞都习以为常了,因此他很少注意它们。直到感觉那个洞里有什么东西在动时,他才开始注意。野兔跳跳把眼睛睁大了一些,开始观察起那个洞来。一张小尖脸探出了小圆洞,脸上有一对明亮的大眼睛。野兔跳跳只是稍微动了一下,那张小尖脸就不见了。过了好久,小尖脸又出现了。

野兔跳跳轻声说道:"别害怕,怀特富特。"

野兔跳跳一说话,小尖脸又消失了,但很快又出现了。那双敏锐的大眼睛盯着野兔跳跳,眼神里充满了怀疑。盯了很长一段时间后,森林鼠怀特富特终于打消疑虑,走出了小圆洞。他穿着一件松软的棕色外套和一件白色背心,露出一双白脚丫和一条又长又细的尾巴。这个冬天,他没有住在农夫布朗的糖厂里。

森林鼠怀特富特说道:"天哪,跳跳,你可把我吓坏了!"

野兔跳跳咯咯地笑着说:"怀特富特,我怎么觉得你比我还胆小呢?"

森林鼠怀特富特回答道:"我不应该吗?我比你个子小,还比你的敌人多。"

野兔跳跳反驳道:"你个头儿确实比我小,可你的敌人不一定就比我多。有时，对我来说，我的敌人更多，尤其是在冬天。"

森林鼠怀特富特说道："那你说说都有谁。"

"猫头鹰胡提、短尾猫鲍勃、老郊狼、狐狸雷迪、苍鹰泰诺、鼬鼠沙道，还有水貂比利。"野兔跳跳说。

"就只有这些吗？"森林鼠怀特富特问道。

野兔跳跳气愤地反驳道："这还不够吗？"

"除了你说的那些敌人，冬天我还有乌鸦布雷奇、伯劳布彻、松鸦塞米；夏天还有大熊巴斯特、臭鼬吉米和一些蛇族成员，他们都是我的敌人。"森林鼠怀特富特说道，"有时，对我来说，我真的需要全身长满眼睛和耳朵，才能躲避敌人的追杀。不分白天黑夜，总有人想要抓到我这个小可怜。有人不明白我为什么那么胆小，如果我不像现在这么胆小，我不会活到今天，早就被人抓住吃了。人们也许会嘲笑我容易受惊吓，但我不在乎。正是因为我这么容易被吓着，我才能一天到晚躲过这么多劫难,救下自己的小命。"

野兔跳跳很感兴趣地说:"我倒是没想到这点,我自己也是个胆小的人,所以,有时我会觉得很难为情。但你说的有道理,我觉得你是对的。我越是胆小,活得就越久。"

突然,森林鼠怀特富特冲进了自己的洞里。野兔跳跳没有动,可他惊恐地瞪圆了双眼。只见一只白色的鸟刚刚飞了过来,就落在不远处的树桩上。那正是来自遥远北方的雪鸮怀迪。

"还有一个敌人,我们都忘了。"野兔跳跳心想,尽量不让自己的身体颤抖。

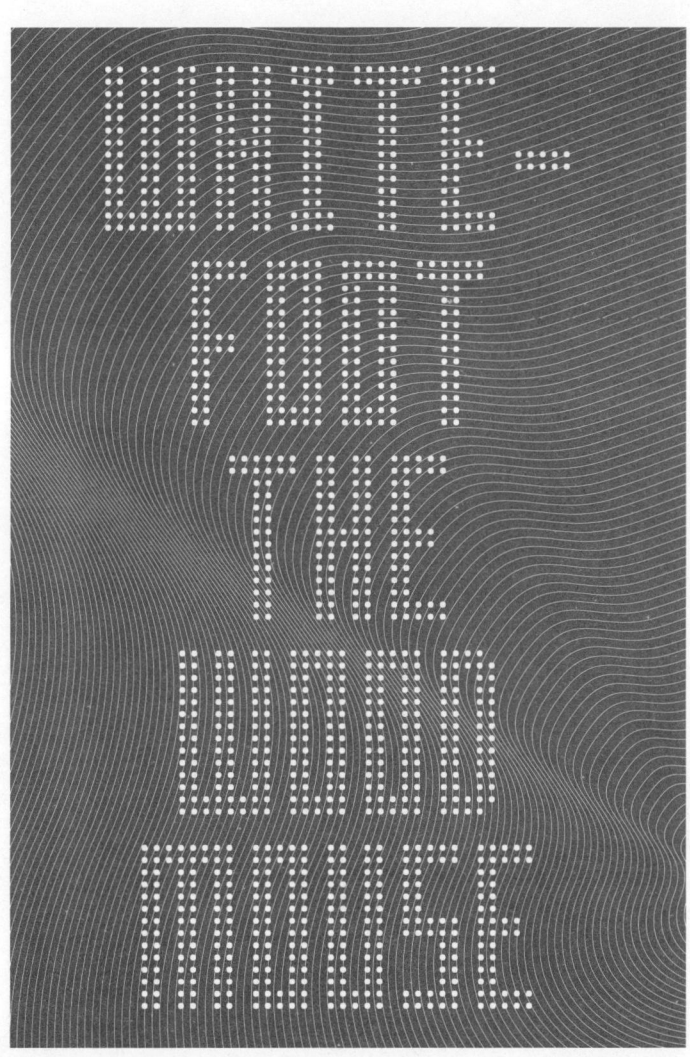

# 第十章
## 雪鸮怀迪

你意志坚定,
那就静坐不动。

野兔跳跳在格林森林里的一棵树底下蜷着，雪鸮怀迪就坐在离他不远的树桩上。要是你看到他们的话，会发现他们都像周围的雪一样白。除非你仔细看，否则你不会看见野兔跳跳脑袋后面那两道窄窄的黑线，那是他的耳朵尖，它们一直是黑色的。在一堆白雪似的东西上，你可能会看到两个圆圆的黄点，那是雪鸮怀迪的眼睛。

他们就像整个白色世界的两小堆雪。野兔跳跳纹丝不动。雪鸮怀迪也十分安静，连一根羽毛都不曾挥起。他们都在等待着，观察着。野兔跳跳一动不动，是因为他知道雪鸮怀迪就在那里，他很害怕。雪鸮怀迪也一动不动,因为他不想让其他人发现他在什么地方。虽然雪鸮怀迪很饿,但他并不知道野兔跳跳就在旁边。

他们都在那里,彼此都在对方的视线内,但只有一方看到了另一方。野兔跳跳很幸运,他看到雪鸮怀迪落在了那个树桩上。雪鸮怀迪来的时候,野兔跳跳一直在那里静静地待着。雪鸮怀迪那双敏锐的黄眼睛并没有看到他。只要野兔跳跳动一动长耳朵,雪鸮怀迪立刻就会发现他,然后张开两只大爪子扑过来。

野兔跳跳不想再这么待下去了,他想逃跑。你知道,野兔跳跳几乎完全是靠他的长腿保护着自己的。但有些时候适合逃跑,有些时候却应该一动不动——现在正是需要他一动不动的时候。野兔跳跳清楚,雪鸮怀迪并不知道他们离得那么近。可是,任由一个自己恐惧万分的敌人在这么近的地方看来看去,对野兔跳跳来说是一种煎熬。那双锐利的黄眼睛似乎一定会看到他,而且似乎就要看到他了。野兔跳跳的心都提到嗓子眼儿了。"我想跑!我想跑!我想跑!"野兔跳跳心里一直对自己这样说着。然后,另一个声音又说:"你不能,你不能,你不能。"于是,野兔跳跳做了这世上最难做的一件事——为了救自己的命,一动不动地待着,直面眼前这个危险的敌人。

雪鸮怀迪静静地立在那里,等着晚餐送上门来。我知道,这听起来很诡异,但事实就是如此。雪鸮怀迪很清楚,只有纹丝不动地待着,他才不会被看到。大自然母亲给了他一身白色的外衣。在他的家乡——遥远的北方,那里的一切都是白色的。任何身穿黑色外套的动物,在很远的地方就会被他发现。因此,雪鸮怀迪的白色外套帮他获得了更多、更好的捕猎机会,他活下去更容易了。

他已经学会如何在最大程度上利用这件外套,也就是说,他知道利用这件外套的最佳方式,那就是他现在正在做的——静止不动。落到树桩前,他看到有样东西在雪地上的小圆洞入口处移动。这一点他很确定。"一只老鼠,"雪鸮怀迪心想,于是,他就落在那个树桩上,"他看到我飞过来了,但过一会儿他就会忘掉,会再出来。如果我不动,他是不会看到我的。我就一直这样,等他离开那个洞。在他跑回去之前,我要抓住他。"

就这样,两个身穿白衣的家伙,一动不动地度过了世上最久的一段时间。一个在等待着他的晚餐,另一个则看着这个等待的人。

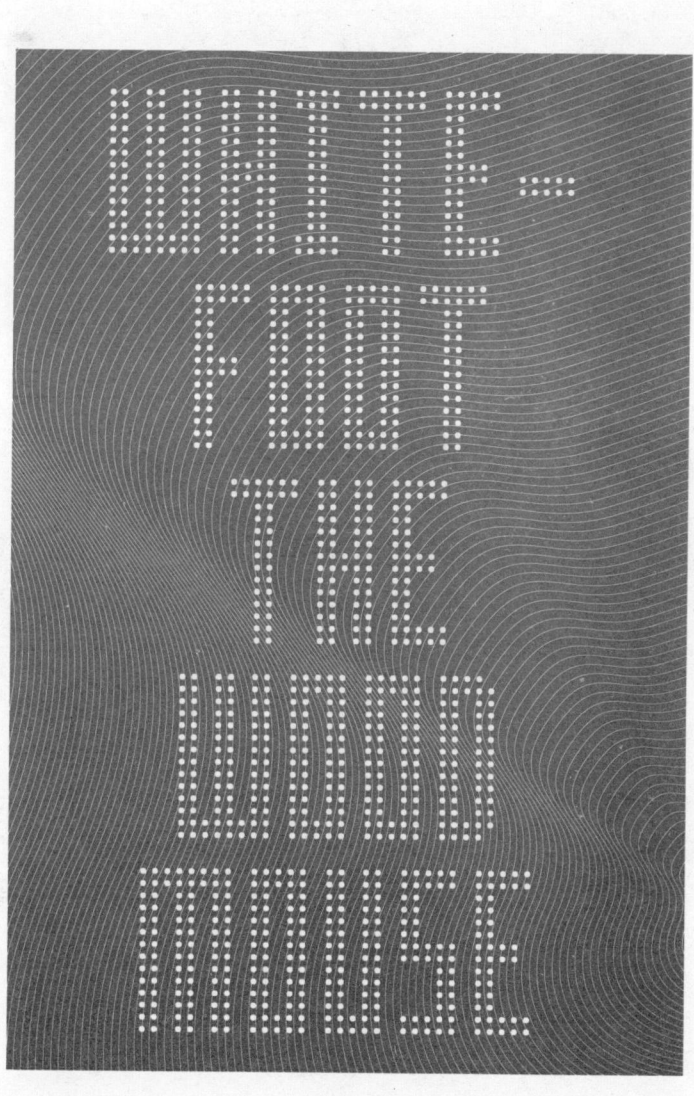

# 第十一章
## 鼬鼠沙道来了

**不知道何去何从，
最好以静制动。**

野兔跳跳不像刚才那么紧张了，心也不颤抖了。其实，这会儿他觉得自己已经相当安全了。雪鸮怀迪一动不动地坐在不远的一个树桩上，虽然他已经看了野兔跳跳的位置好几次，但没有发现野兔跳跳。野兔跳跳没动，雪鸮怀迪以为那是一个小雪堆。

野兔跳跳心想："我要做的就是继续静止不动。而且如果雪鸮怀迪哪儿都不去的话，我会很安全的。不一会儿，他就累了，然后就会飞走。我希望他能在森林鼠怀特富特出现之前飞走。万一森林鼠怀特富特出来，我没法向他示警。如果我向他示警，雪鸮怀迪就会注意到我。如果雪鸮怀迪有机会逮到一只野兔当晚餐，他肯定不会再看那只森林鼠一眼。这个世界可真奇怪，确实如此。大自然母亲干了些奇怪的事情。她已经给了我一件冬天的白色外套，地上落雪的时候，我就不容易被发现。可她同时也给了我最害怕的动物一件白色的外套，也让他不容易被发现。这实在是一个奇怪的世界。"

野兔跳跳忘记了雪鸮怀迪是来自遥远北方的一个不速之客，他只是偶然路过这个地方。他所在的遥远的北方，动物们几乎都穿着白色的衣服。

野兔跳跳一动不动，但雪鸮怀迪偶尔会转动他那硕大的圆脑袋四处观望。只有牢牢地盯着他的眼睛，才有可能发现他的这个动作。大多数时间里，他那双锐利的黄色眼睛都在盯着森林鼠怀特富特消失的那个小雪洞。你知道的，白天的时候，雪鸮怀迪的视力和其他鸟类一样好。

野兔跳跳不再担心自己，却开始担心起森林鼠怀特富特来。他知道，森林鼠怀特富特已经看见雪鸮怀迪落到那个树桩上，那也是他躲进洞穴的原因。从那会儿起，他甚至都没再露出自己的鼻子来。到现在为止，已经过了那么久，森林鼠怀特富特肯定以为雪鸮怀迪已经离开，去忙他的事情了。野兔跳跳以为森林鼠怀特富特随时会出现。他没有想到的是，在不远处的另一个小圆洞里，森林鼠怀特富特那双明亮的眼睛一直在盯着雪鸮怀迪。原来，有一条隧道通往另一个小圆洞。

突然，树林中有什么动起来了。至少，野兔跳跳认为自己看到有东西在动。是的，确实有一个小黑点在雪地里敏捷地穿梭。野兔跳跳目不转睛地盯着。然后，他的心似乎都要跳到嗓子眼儿了，他感觉自己快要窒息了。那个小黑点是一条尾巴的末端，那尾巴属于一只瘦小纤细、浑身雪白的动物——他是格林森林里全身雪白的另一个人——鼬鼠沙道！穿上白色外衣时，他被称作"白鼬"。

他一会儿跑到这儿，一会儿跑到那儿，鼻子在雪地上嗅着。他在搜寻猎物。野兔跳跳明白，鼬鼠沙道迟早会找到他。野兔跳跳可以利用他腿长的优势逃跑，远离危险的鼬鼠沙道。但那样的话，雪鸮怀迪就会扑过来。野兔跳跳不知道该怎么办。所以，他什么也没做。而这恰恰是最明智的选择。

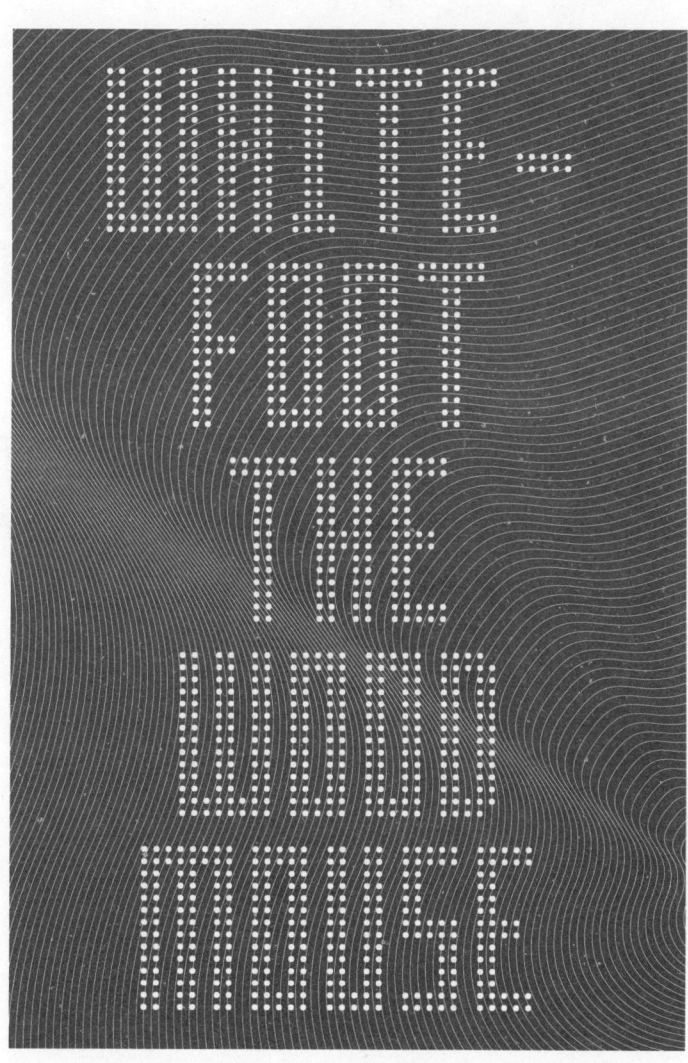

# 第十二章
## 敌人最终成了帮手

今日的敌人,
有可能是明天的帮手。

还有比野兔跳跳的处境更糟糕的吗？他一动，就会落入雪鸮怀迪之口；如果不动，鼬鼠沙道很有可能会发现他，结果和雪鸮怀迪逮到他没什么区别。雪鸮怀迪和鼬鼠沙道都没发现他就在旁边——起码在野兔跳跳看来是这样的。

除非野兔跳跳动弹，否则雪鸮怀迪不会发现他。可鼬鼠沙道却不然，他的鼻子会指引他找到野兔跳跳。鼬鼠沙道来来回回、前前后后地跑着，边跑边用鼻子嗅着，搜寻着猎物，搜寻他能够杀死的猎物的气味。几分钟后，他就会找到野兔跳跳所在的那个地方。然后，他的鼻子会指引他直接找到树下的野兔跳跳。

鼬鼠沙道离得越来越近了。他体形修长，非常漂亮，看起来一点儿都不可怕。但是，格林森林里所有的小动物都怕他，比如野兔跳跳、兔子彼得、森林鼠怀特富特，甚至是红松鼠查特尔。

野兔跳跳心想："也许他根本就找不到我，他没准儿会朝另一个方向跑。"可是，野兔跳跳打心眼儿里还是觉得鼬鼠沙道会找到他。"如果他来了，我就跑，"野兔跳跳自言自语道，"我至少有躲开雪鸮怀迪的机会。虽然我怕被雪鸮怀迪逮到，但在他面前，我还有希望活下来。如果让鼬鼠沙道找到我，那就任何机会都没有了。"

突然，鼬鼠沙道停下脚步，坐了下来，那双凶狠的小眼睛四处张望着，用他的鼻子不停地嗅着空气。野兔跳跳的心沉了下来。他知道鼬鼠沙道已经闻到了某种微弱的气味。接着，鼬鼠沙道继续来回奔跑着，但比原来搜寻得更加仔细了。然后，他向着野兔跳跳蜷伏的地方直冲过来！野兔跳跳明白，鼬鼠沙道已经发现了他的踪迹。

野兔跳跳深深地吸了一口气，准备用他长长的后腿奋力一跃，给雪鸮怀迪一个措手不及，从而方便自己逃跑。这时，野兔跳跳看了一眼雪鸮怀迪坐着的那个树桩。雪鸮怀迪正要扇起那双巨大的翅膀静静地离开。他那双黄眼睛盯着鼬鼠沙道的方向。他已经看到了那个正在移动的黑点，那正是鼬鼠沙道的尾巴尖。

野兔跳跳还没来得及跃起，雪鸮怀迪就向鼬鼠沙道猛扑过去。野兔跳跳只好继续一动不动地待着，眼睛直直地盯着前方。因为恐惧和刺激，野兔跳跳的心一阵乱跳。

直到雪鸮怀迪巨大而锋利的爪子靠近鼬鼠沙道时，鼬鼠沙道才发现雪鸮怀迪。放眼寰宇，我还不知道有谁能够比鼬鼠沙道跑得还快。除了白雪，雪鸮怀迪的爪子什么都没抓到。鼬鼠沙道幸运地躲开了。然后，他们之间就开始了一场较量。雪鸮怀迪猛扑，鼬鼠沙道闪躲，他们离野兔跳跳所在的地方越来越远。

"警报"刚刚解除，野兔跳跳长长的后脚就一跃而起，用那种一蹦一跳的步伐消失了。雪鸮怀迪从鼬鼠沙道手里救了野兔跳跳，他却不自知。敌人最终成了帮手。

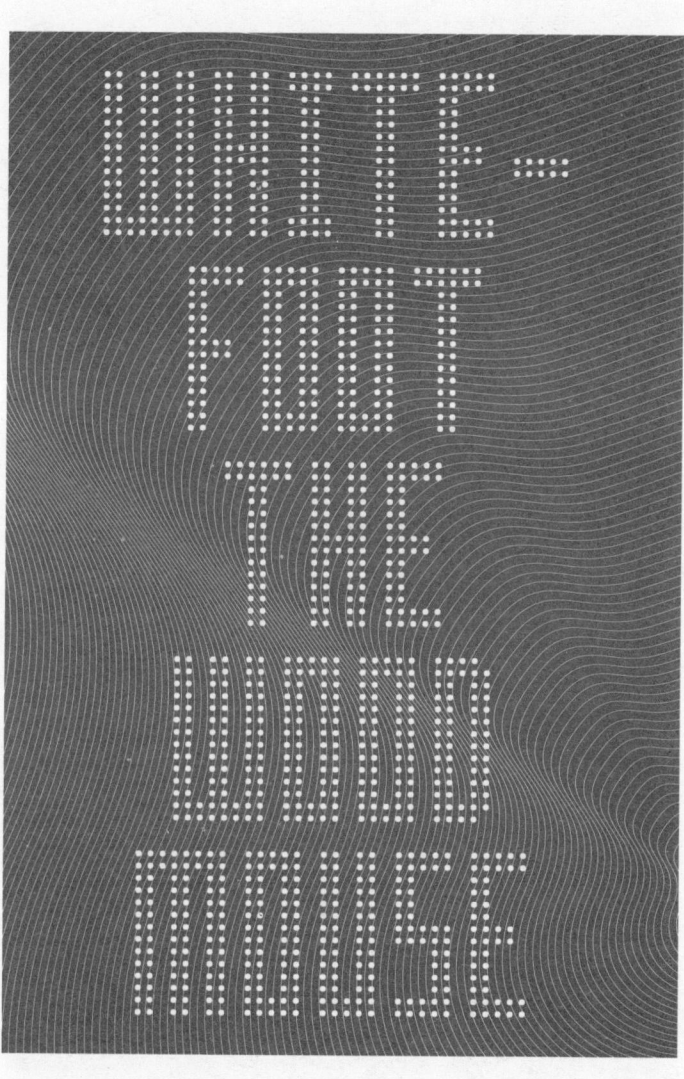

# 第十三章
# 果断搬家

想到方法，
立刻执行，
绝不犹豫。

森林鼠怀特富特一发现雪鸮怀迪，就迅速躲进了雪地里的一个小洞。他并没有恐慌，但还是有点儿心神不宁。你看，他有那么多敌人要防备，现在又多了这一个。"这个白色强盗加入了他们，就好像我的麻烦还不够多似的，"森林鼠怀特富特嘟囔道，"他为什么不待在他那遥远的北方呢？肯定是因为那里的食物不够了。哈！我知道他在这儿，可他想要抓住我，他就得比我料想的还要聪明才行。希望野兔跳跳够聪明，希望他不要动。有时我很羡慕他那双长腿，但我想我比他好。野兔跳跳一旦被敌人发现，他就只能用他那长腿来自救，而我在雪地下面有上百个藏身的地方。雪鸮怀迪这会儿还在盯着我消失的那个洞口,他觉得我还会从那儿出来。我来戏弄一下他。"

森林鼠怀特富特蹦蹦跳跳地穿过一个小小的隧道。不久,他就走到了雪地里的另一个小圆洞里。他小心翼翼地从那里向外张望,确认雪鸮怀迪还在他身后的一个树桩上盯着他刚才消失的那个洞穴。森林鼠怀特富特咧嘴笑了。然后,他向四周看了看,找到他最后一次看到野兔跳跳的地方。野兔跳跳还在那儿,他肯定没动,所以雪鸮怀迪才没有发现他。森林鼠怀特富特又咧嘴笑了。他耐心等待着,等着雪鸮怀迪看累了飞走。

所以,也就是说,刚刚发生的一切,森林鼠怀特富特都看到了。他看到雪鸮怀迪突然展翅飞起,用巨大的爪子向某个东西扑去。接着,他看到被扑的那个是鼬鼠沙道!他看到鼬鼠沙道快速闪躲。然后,他看到雪鸮怀迪再次猛扑,鼬鼠沙道左闪右躲。最终他们消失在树林里。再后来，他正好看到野兔跳跳用他那不同凡响的长腿全速逃走了。

无边的恐惧笼罩着森林鼠怀特富特。"鼬鼠沙道！"他喘息着说，"雪鸮怀迪抓不到他，他的速度太快了。雪鸮怀迪飞走后，鼬鼠沙道会回来的。他很有可能已经发现了野兔跳跳，他会回来的。我了解他，他会回来的。野兔跳跳现在已经安全了，他已经离开很长一段时间了。但鼬鼠沙道肯定会发现我在雪地里的某个洞穴。噢，天哪！噢，天哪！我该怎么办？"

鼬鼠沙道是能够追着森林鼠怀特富特，进入他藏身之处的那种敌人。

有那么一会儿，森林鼠怀特富特就在那儿坐着。因为害怕，身体在颤抖。然后，他下定决心。"我要在他回来前离开这儿，"森林鼠怀特富特心想，"我决定了。虽然我在这儿度过了一个既舒适又安逸的冬天，但这儿对我来说已经不安全了。我不知道要去哪儿，不过，现在无论去哪儿，都比待在这儿要好。"

　　森林鼠怀特富特片刻都不敢耽误，蹦跳着跑开了。他非常希望等鼬鼠沙道回来时，他的气味已经全部消失。如果是这样的话，那自己还有一点儿希望。他很清楚这一点。

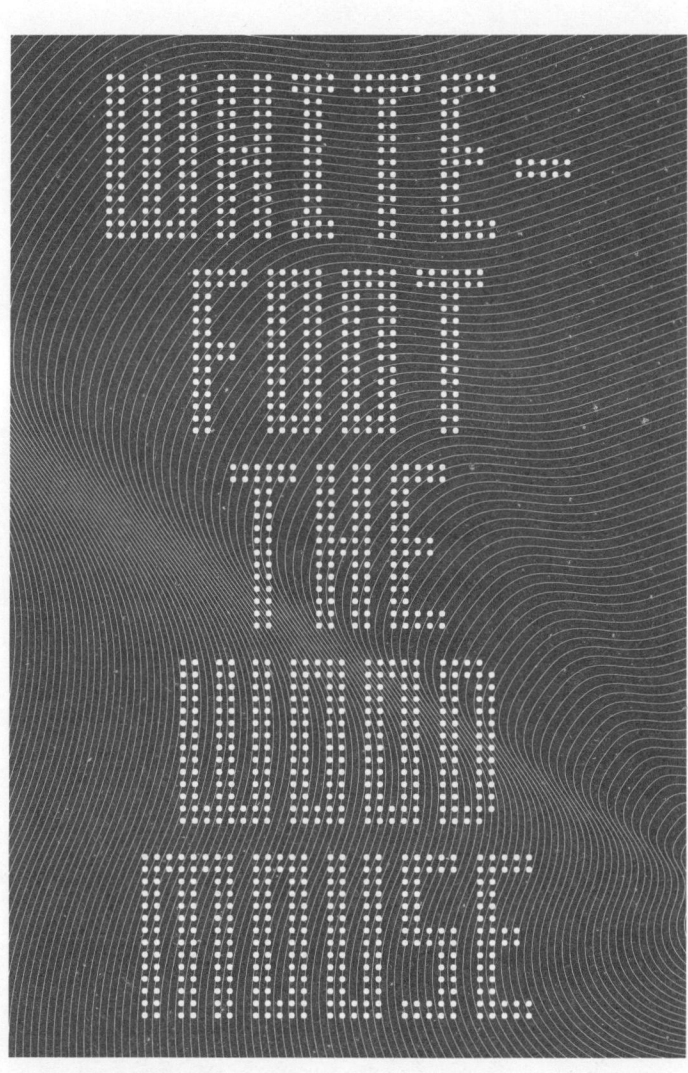

# 第十四章
## 鼬鼠沙道去而复返

他什么都没得到，
已经失去了自豪，
将目标搁置一旁。

鼬鼠沙道坚信毅力最重要。他一旦开始做一件事情，就一定就会坚持下去，直到将这件事全部做完，或者确定这件事无法完成为止。他不轻易气馁。这是他喜欢捕猎的那些小动物害怕他的原因之一。他们知道，一旦鼬鼠沙道发现了他们的踪迹，要逃离他的追捕就只能靠运气了。

雪鸮怀迪扑向他，快要抓到他时，他并没有害怕，而是左闪右躲。在这种情况下，其他任何小动物都会吓得半死，除了他的表弟水貂比利。而鼬鼠沙道只是很生气。他生气的是，竟然有人要抓他。更可气的是，他捕猎野兔跳跳的计划被打断了。你瞧，雪鸮怀迪扑向他时,他已经发现了野兔跳跳的踪迹。

鼬鼠沙道闪躲着,因为极度生气,他的小眼睛变成了红色。他逐渐远离了发现野兔跳跳踪迹的那个地方。最终,他在一根老原木上发现了个洞,躲了进去,这样雪鸮怀迪就抓不到他了。雪鸮怀迪很清楚,等着鼬鼠沙道再次出现只是浪费时间。当然,鼬鼠沙道也知道这一点。于是,雪鸮怀迪马上就飞走了。

雪鸮怀迪刚一消失,鼬鼠沙道就立刻从洞里出来了。他一直在里面偷偷盯着雪鸮怀迪。他一刻也没有停留,立即回到发现野兔跳跳踪迹的那个地方。他并没有因为自己被追杀而放弃这次捕猎。回到雪鸮怀迪第一次攻击他的地方后,他灵敏的鼻子再次嗅到了野兔跳跳的气味。这个气味把他带到野兔跳跳曾待了很久的那棵树下。

但你知道,野兔跳跳已经不在那儿了。鼬鼠沙道跑了一圈。很快,他发现了野兔跳跳第一次跃起离开时留在雪地上的脚印。鼬鼠沙道怒吼起来，他很清楚这是怎么回事。"那个来自遥远的北方的白色强盗要抓我时，野兔跳跳就在这棵树下，而他瞅准机会马上离开了。从这一跳的距离可以看出，现在他很有可能还在逃跑。可是，我已经没法儿追上他了，他离开太久了！"鼬鼠沙道说道。他又一次暴跳如雷，无比失望地叫着。

既然木已成舟，他也就不再浪费时间和精力去想野兔跳跳。他开始寻找其他痕迹。然后，他发现了森林鼠怀特富特的一个小洞。"哈！那么，这个地方就是森林鼠怀特富特这个冬天一直住的地方了？"他惊叫着，眼睛再次变成了红色——这次是因为捕猎的急切和兴奋。他跳进雪地里的那个小洞。洞里，森林鼠怀特富特的气味很浓。鼬鼠沙道跟着气味，一直走到另一个小洞。但到了那里，气味就没了。你瞧，距离森林鼠怀特富特匆匆离开的时间已经太久，雪地表面的气味都消失了。

　　鼬鼠沙道飞快地东跑西窜，绕了一个大圈，却没有发现森林鼠怀特富特的踪迹。他愤怒而失望地咆哮着。然后，他回到雪地上，从那个小洞消失不见了。他沿着森林鼠怀特富特的所有小隧道跑了个遍。他找到了森林鼠怀特富特的窝，找到了森林鼠怀特富特储藏的松果，却没有找到森林鼠怀特富特。"他会回来的。"鼬鼠沙道喃喃自语着。然后，他就蜷在森林鼠怀特富特的窝里开始等待。

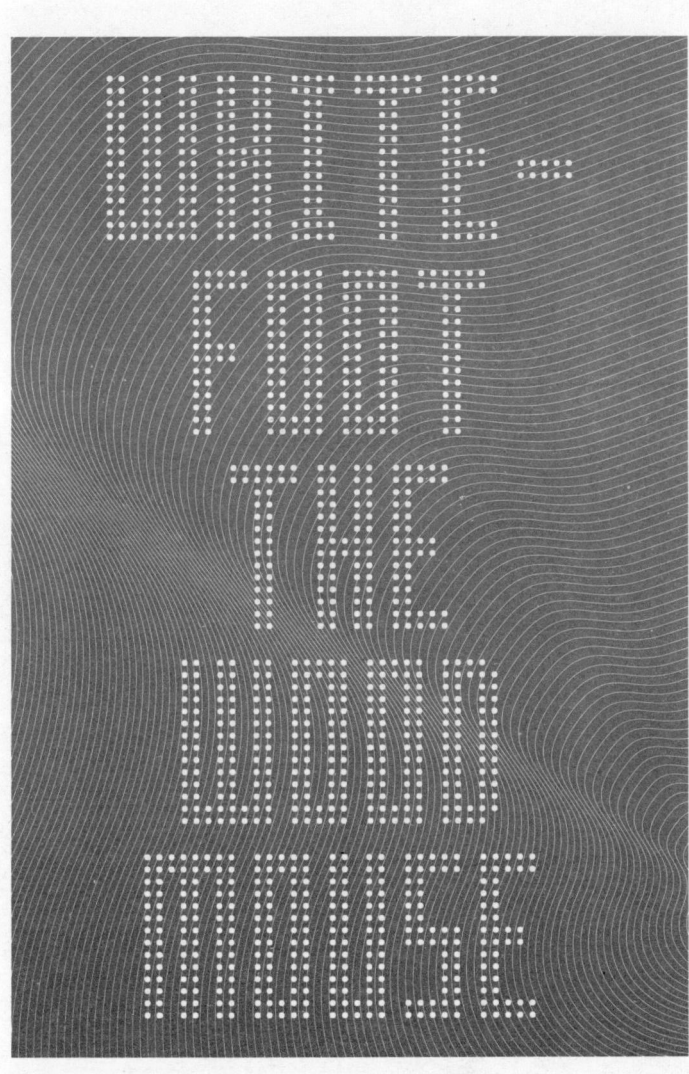

# 第十五章
## 恐怖的旅途

危险无处不在,
时刻准备逃难。

森林鼠怀特富特吓坏了。很久以来，他都是这样恐惧不安。他习惯了恐惧，这就是森林鼠怀特富特。每日每夜，他都处于恐惧中，但通常都是突如其来的恐惧，来得快去得也快。

　　这次却不一样。森林鼠怀特富特已经看到了鼬鼠沙道。而且他知道，如果鼬鼠沙道回来，那么他肯定会发现雪地里的那些小圆洞，然后找到地底下自己的那些密道。

　　森林鼠怀特富特唯一要做的，就是在鼬鼠沙道回来前，远离那个地方，离得越远越好。可怜的小森林鼠怀特富特开始了一场连他自己都不知道方向的旅程。他能做的只有一直走，一直走，直到发现一个安全的藏身之处。

　　天哪！天哪！这真是一场可怕的旅行。每次听到树枝咔嚓一声，森林鼠怀特富特的心就好似要提到了嗓子眼儿。每次看到移动的阴影，以及风中飘动的树枝在雪地上的影子，他都会躲到树干后面，或者是一片树皮下面，或是任何他能够找到的安全的地方。

　　你看，有那么多的敌人在不停地寻找森林鼠怀特富特。只要看到任何会动的东西，他都会立刻躲起来。在家的时候，他永远在他的藏身之处躲闪着进进出出。外面的一切对他来说都太陌生。现在因为太怕鼬鼠沙道了，所以他怀疑一切会动的东西，怀疑他听到的任何声音。

　　长路漫漫，但谁也没有发现他——附近根本就没有人。不过，森林鼠怀特富特还是担忧。他不断躲闪着，从一个地方飞奔到另一个地方。他十分害怕，好像敌人无处不在似的。"噢,天哪!噢,我的天哪!"他一遍遍地自言自语着,"我该去哪儿呢?我该怎么办呢?我该怎么找吃的呢?我不敢回到我的小储藏室找食物。我只能住在陌生的地方,我不知道去哪儿找吃的。我好累。我的腿好痛。我好饿啊。我想念我那张漂亮、暖和、柔软的床。噢,天哪!噢,天哪!噢,我的天哪!"

尽管很害怕,森林鼠怀特富特还是继续前进。比起继续往前走,他更害怕停下来。他不得不尽量远离鼬鼠沙道,越远越好。对你我来说很短的一段路,对于小个子森林鼠怀特富特来说,却是一段漫长的旅途。

所以,那段路程对他来说实在是漫长。当然,因为他一直提心吊胆,所以这段旅程就变得更加漫长了。这确实是一段可怕的旅程。其实,那条路上并没有任何吓人的东西。你知道的,与已知的事物相比,人们总是更害怕未知的事物。

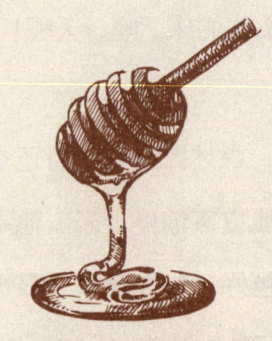

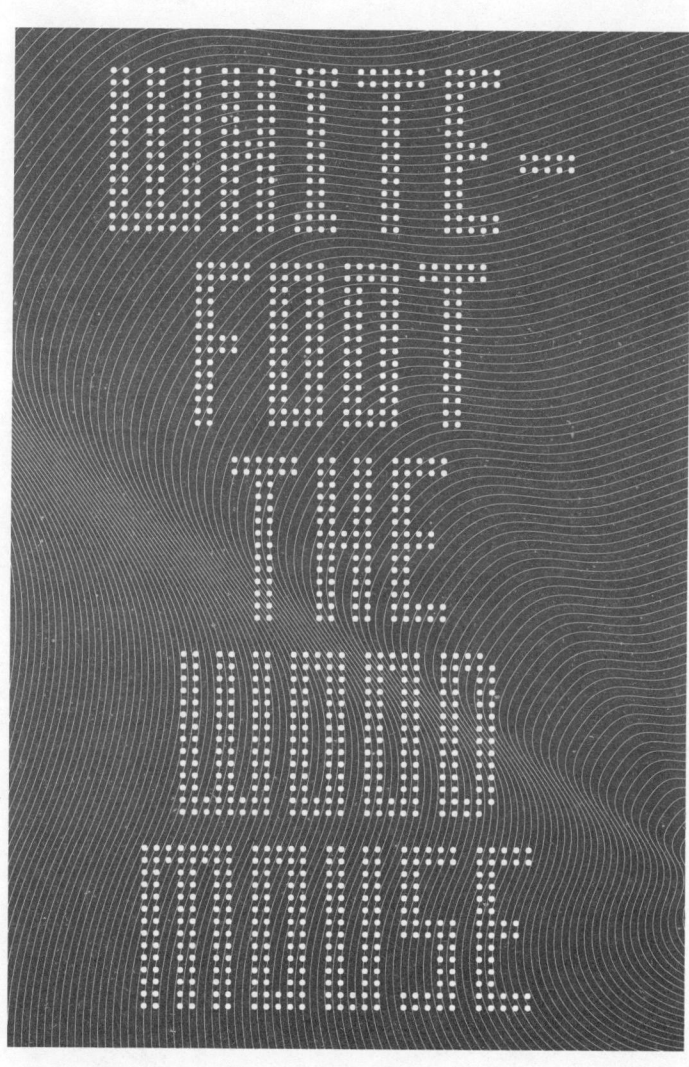

## 第十六章
## 遇见伯劳布彻

危险来临,
我宁肯没来由地恐惧,
也不愿无所畏惧。

森林鼠怀特富特继续向前走着。每次累得想停下来的时候，他就会想到鼬鼠沙道，然后就能继续向前走。不一会儿，他就累得不行了。即使想到鼬鼠沙道，他也没有力气再向前了。于是，他开始四处寻找可供休息的地方。

他离开的那个家，是某个老树桩根下一个安全又隐蔽的小房间。他曾在那儿舒舒服服地生活了很长一段时间。小小的密道通往他的储藏室，而且向上直达地面。那儿曾是一个很棒的地方，鼬鼠沙道没来那会儿，对他来说，那是一处完美而舒适的住所。如果你曾经见过他在那儿玩耍的场景，那么，你会把他误认为是一只在地面上生活的小动物，就像他的表弟田鼠丹尼一样。

可是，森林鼠怀特富特花在地面上的时间和待在家里的时间是一样多的。实际上，他和红松鼠查特尔在树洞里待的时间一样多。虽然花栗鼠也算是松鼠一类的小动物，但森林鼠怀特富特比花栗鼠在家待的时间要多。因此，既然必须要找到一个藏身之所，森林鼠怀特富特觉得在树洞里会比在地面上更安全一些。

"如果我可以找到一棵空心树就好了，"森林鼠怀特富特喃喃自语道，"我觉得，比起藏在地面或离地面不远的某个陌生地方，树洞里要安全得多。"

于是，森林鼠怀特富特开始寻找枯死的树。他知道，比起活着的树，枯死的树更有可能会是空心的。不一会儿，他就找到了一棵高大的枯树。树的表面已经没有树皮了，他知道这是一棵枯树。可是，他搞不清这棵树是不是中空的。我的意思是说，他在地面上无法判断。他又自言自语道:"噢,天哪!噢,天哪!我想我得爬上去,可我要累死了。这树应该是空心的,树里面应该有适合居住的洞。这也是啄木鸟德鲁默喜欢筑巢的那种地方。如果在里面找不到住处的话,那我就太失望了。我真希望不用爬上去就能找到。好吧,让我看看。"

他满怀焦虑地四处察看着,实际上,他忧心忡忡地观察了所有的方向,但他没有发现任何令人害怕的东西,于是,他就开始爬树了。

爬到树腰的时候,森林鼠怀特富特向下看了一眼。他看到一个阴影正在穿过雪地。森林鼠怀特富特的心都要跳到嗓子眼儿了。毫无疑问,那是一只鸟儿的影子。森林鼠怀特富特伏到一侧偷偷地观察着。一只跟松鸦塞米个头儿差不多大,身上有黑、白、灰三色的鸟落在了他旁边的一棵树上。那只鸟离地面很近。他突然飞起来,进了树干里。他长着黑色的喙,喙尖上有个小钩。森林鼠怀特富特知道他是谁了——他是伯劳布彻。森林鼠怀特富特不禁打了个冷战。

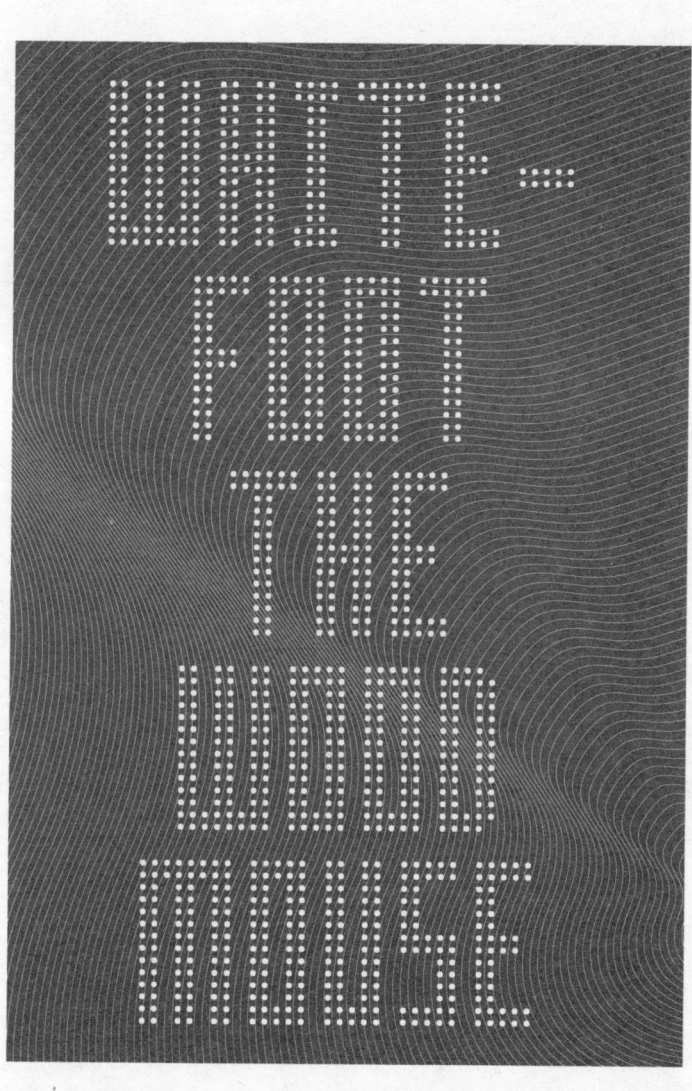

## 第十七章
## 伯劳布彻失去了一顿晚餐

不早不晚,
就在此时,
做命运的主人。

森林鼠怀特富特爬到树腰，伏在树干上。他惊恐不已，小心脏扑通扑通地狂跳着。之前，他在树的四周张望了很久都没发现什么危险，他都忘了还有一个对头——伯劳布彻。人们常把他称作"布彻鸟"。他没有松鸦塞米个头儿大，也没有老鹰和猫头鹰那样可怕的爪子。虽然黑色的喙尖上有个钩子，但也不是很大，所以，他看起来并不可怕。但人不可貌相，森林鼠怀特富特知道布彻是个多么可怕的家伙。

他的心扑通扑通地跳着。他在想伯劳布彻有没有看到他。很快，他就知道了。伯劳布彻飞到森林鼠怀特富特身后的一棵树上，然后直冲向他。森林鼠怀特富特闪到树的另一侧。然后，他们之间开始了一场恶战。至少，对森林鼠怀特富特来说，这是一场恶战。森林鼠怀特富特在树干周围闪躲，而伯劳布彻则竭力要抓住他。

如果不是特别累，如果知道附近就有一个藏身之所的话，森林鼠怀特富特也不会介意在这儿左闪右躲。但他非常疲惫，你还记得吧，他刚度过了一段多么漫长而可怕的旅途啊。起初，他感觉自己已经累得没有力气继续向上爬了，没办法去看更高的地方有没有洞穴。现在，他不知道是要继续向上爬还是下去。所以，他没有向上爬，也没有向下爬，就在树的周围躲闪了三四次。然后，他决定继续向上爬。

伯劳布彻对这个闪躲游戏乐此不疲。如果他能抓到森林鼠怀特富特，那么就会有一顿丰盛的晚餐。如果抓不到森林鼠怀特富特，那也不过多饿一会儿肚子。

森林鼠怀特富特和伯劳布彻的感受是多么不同啊。森林鼠怀特富特可能失去的是他的生命，而伯劳布彻可能失去的只是一顿晚餐而已。

森林鼠怀特富特不停地躲闪着，有两次都是勉强扒住树干才没有掉下去。他爬得越来越高，也越来越累，越来越沮丧。如果在那棵树上找不到洞穴该怎么办？"肯定有的，肯定有的。"他不停地给自己打气，"我没法继续躲了。如果我不赶紧找到一个洞的话，伯劳布彻肯定会抓住我的。噢，天哪！噢，天哪！"

森林鼠怀特富特上方正好有一根折断的树枝——只有一根。这次，他在树干周围闪躲时，发现自己正好在那根断枝下面。噢，太棒了！在那儿，就在那根断枝下面，有一个小圆洞。森林鼠怀特富特一刻也没有犹豫。他等不及去搞清楚谁在洞里，他甚至都没有想过这个问题。他小声地吱吱叫着，轻松地跳了进去。

他的时间把握得刚刚好。他消失在那个洞里时,伯劳布彻的袭击也就宣告失败了。森林鼠怀特富特拯救了自己的生命,而伯劳布彻失去了一顿晚餐。

# 第十八章
## 与鼯鼠蒂米共处一室

小心驶得万年船，
大意往往陷危险。

如果现在有人得到了宽慰，并且庆幸不已，那这个人就是森林鼠怀特富特了。他要是再晚那么一点点跳进枯树上的洞，就被伯劳布彻抓到了。他已经累得上气不接下气。一连好几分钟，他什么都没做，只是一个劲儿地大口喘息。

他一遍遍地自言自语道："我是对的，我是对的。我就知道这树上肯定有一个洞。这是啄木鸟德鲁默的窝。现在，我安全了。"

过了一会儿，他探出头，想看看伯劳布彻是不是还在外边监视他。他正好看见伯劳布彻消失在树丛边——伯劳布彻没有蠢到浪费时间等他出来。森林鼠怀特富特开心地松了口气。自从这场可怕的旅行开始后，他第一次有了安全感，其他都不重要了。他肚子饿了，但他毫不在意。为了安全起见，他宁愿饿着。

森林鼠怀特富特一直看着伯劳布彻，直到他在自己的视线里消失。然后，他转过身去，想看看这是个什么样的房间。他马上发现里面有一张柔软而舒服的床。床是用树叶、干草、苔藓和树皮的内层做成的。那确实是一张很舒适的床。"天哪！天哪！天哪！我运气不错哦！"森林鼠怀特富特告诉自己，"我想知道是谁做了一张这么好的床。我肯定能在这里睡得很舒服。天哪，我需要休息。如果附近能找到足够的食物，我就在这里安家了。我再也找不到比这更好的地方了。"

森林鼠怀特富特暗暗高兴着，从床头挪到床中间。然后，就发生了令人惊喜的事情——其实，只是有惊，并没有喜。他遇到的是那种最让人讨厌的惊喜——床上有人！是的，有人蜷成一个小圆球躺在这舒服的床上。那个人有一身柔软漂亮的皮毛。你能猜到他是谁吗？他就是鼯鼠蒂米。

　　森林鼠怀特富特的心扑通一下子掉在了地上。刚开始，他没有认出鼯鼠蒂米来。森林鼠怀特富特太胆小了，他唯一的想法就是逃跑，尽快逃离那个地方。可是，他没有地方可以去，所以他犹豫了。在他的整个人生中，他从来没有像现在这样失望过。现在他知道，这漂亮的房子并不属于他。

　　鼯鼠蒂米还是蜷成一个柔软的球，并没有动——他在睡觉。森林鼠怀特富特记得鼯鼠蒂米总是白天睡觉。夜色从紫山后面漫出来时，他才会出门。然后，森林鼠怀特富特就感觉轻松多了。鼯鼠蒂米睡得太熟，根本不知道家里来了访客。森林鼠怀特富特觉得，他在这里休息没什么危险。随后他会出去再找一所房子。

　　在那张温暖而柔软的床上，鼯鼠蒂米缩成了一个小球。他用肥肥的尾巴包裹着自己，安静地睡着。在这张软床的另一头，森林鼠怀特富特也在休息。他还顺便想着接下来他要做什么。啄木鸟德鲁默老房子里待着的这两个家伙太胆小了，整个格林森林里也找不到像他们一样的小动物了。

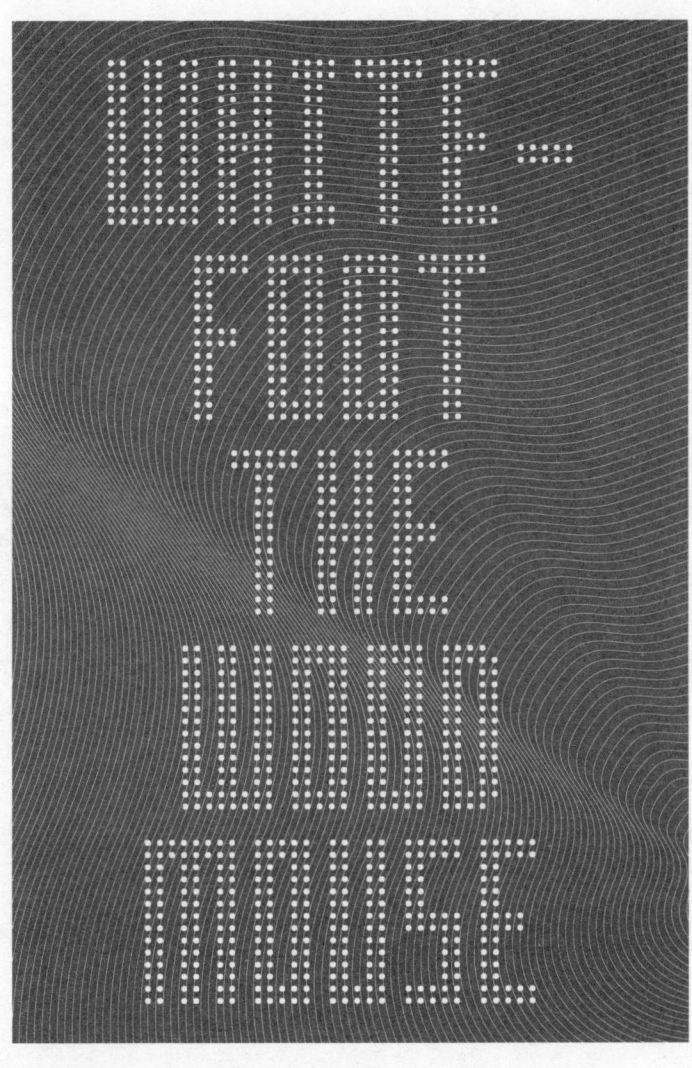

# 第十九章
## 鼹鼠蒂米的储藏室

只有拥有自己的家,
　才能自由地说话。

鼯鼠蒂米蜷在他那张温暖而舒适的床上，安静地睡着。他并不知道有客来访，也不知道床头还躺着森林鼠怀特富特。森林鼠怀特富特并没有睡着。确实没有！他累得无法入睡。他明白自己不能待在这个漂亮的房子里，这是鼯鼠蒂米的房子。他知道鼯鼠蒂米醒来后，自己就得离开。他该去哪儿呢？他也希望自己能知道。他是多么怀念已经离开的那个家啊。但是想到这儿，他就想起了鼬鼠沙道。即使无家可归，也比感觉鼬鼠沙道随时会出现要好得多。

傍晚，快乐的、圆圆的、红彤彤的太阳公公就快要落到紫山后面了，夜会来临，在格林森林里潜行，然后，鼯鼠蒂米就会醒来。"那时我就不能待在这儿了，"森林鼠怀特富特自言自语道，"我必须在他醒来之前找到另一个住的地方。要是我了解格林森林这一片就好了，我就能知道往哪儿走了。而事实上，我不得不靠自己的运气去找个新家。哪只可怜的小老鼠有这样多的烦恼呢？"

不久，森林鼠怀特富特感觉休息得差不多了。他从门口向外看去，没有发现任何敌人。森林鼠怀特富特偷偷溜了出去，爬到树上比较高的位置。不一会儿，他就发现了另一个洞。他往里瞧了瞧，并且仔细地听了很长时间。他不想再犯走进别人家的错误。

最终，他确定里面没有人，就溜了进去。然后，他有了发现——那里竟有一些山毛榉坚果和松子。

这是一个储藏室。森林鼠怀特富特立刻明白了，这肯定是鼯鼠蒂米的储藏室。他很快就意识到自己有多么饿。当然，他并不能占有这些松子或坚果。肯定不能！就像他不能选择自己是男孩还是女孩一样。不过，格林森林的法则是，任何人找到了任何东西，都可以享用。

因此，森林鼠怀特富特开始用这些松子来充饥。他不停地吃着，忘记了自己所有的烦恼。刚要吃饱的时候，他听到了外面树干上有爪子的声响。他立即明白是鼯鼠蒂米醒了，不能让他发现自己。森林鼠怀特富特赶紧向外面冲去。恰好，鼯鼠蒂米到了入口处。

"嘿，那个谁！"鼯鼠蒂米喊道，"你在我的储藏室里做什么？"

森林鼠怀特富特结结巴巴地说道："我……我……我在找地方住。"

鼯鼠蒂米满腹狐疑，厉声说道："那你在偷我的食物？"

森林鼠怀特富特回答道："我快饿死了，我……我……我确实吃了一些松子。但我真的是想找个地方落脚。"

鼯鼠蒂米问道:"你原来的家怎么了?"

森林鼠怀特富特告诉了鼯鼠蒂米所有的事情:他告诉鼯鼠蒂米他是如何因为鼬鼠沙道才不得不离开自己的家,开始踏上那段可怕的旅程的;他告诉鼯鼠蒂米他是如何疑惑,不知道怎么走,也不知道做什么的。刚开始,鼯鼠蒂米很是怀疑,但很快他就相信森林鼠怀特富特说的都是真的。单单提到鼬鼠沙道,他就沉默了。

鼯鼠蒂米若有所思地挠了挠自己的鼻子,然后说:"从这儿望过去,那边有个很高的枯树桩,里面有我以前的房子,现在没人住。我想你可以先住在那儿,一直住到你找到更好的房子为止。但是记住,别靠近我的储藏室。"

就这样,森林鼠怀特富特有了新家。

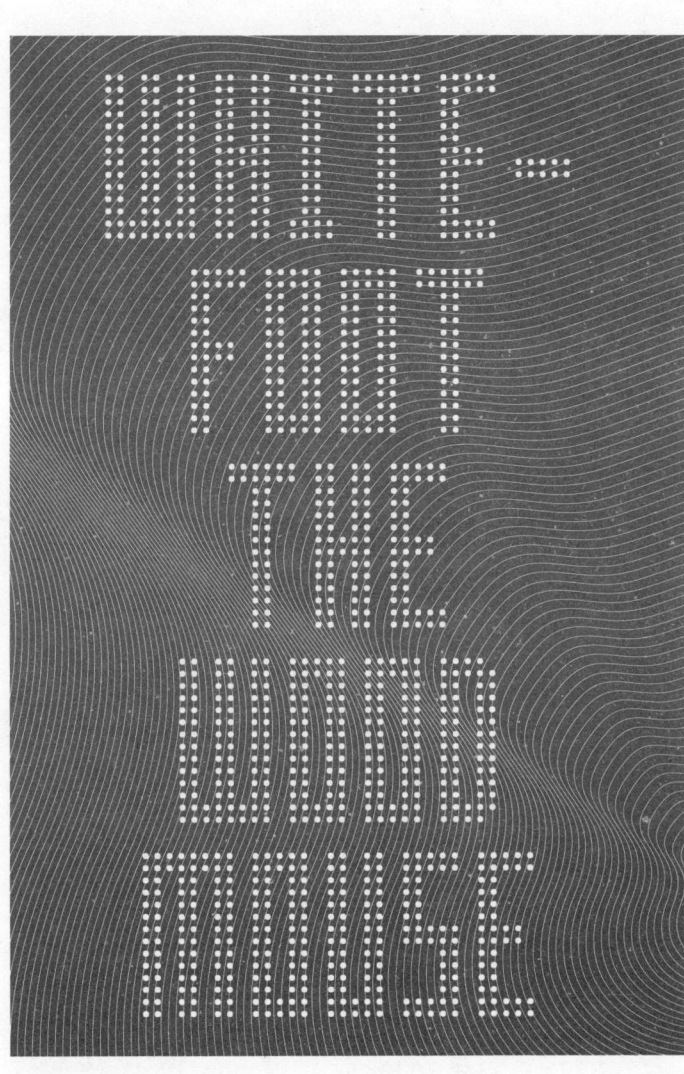

# 第二十章
## "装修"新家

过多地留恋过去，
只能耽误自己的将来。

森林鼠怀特富特不用鼯鼠蒂米说第二遍，谢过鼯鼠蒂米后，他以最快的速度向那个树桩跑去。他爬到上面，找到了一个小圆洞。鼯鼠蒂米已经说过现在里面没人住，所以，森林鼠怀特富特没有犹豫，直接跳了进去。

　　那个洞里甚至还有一张床。是张旧床，不过很舒适，也很干燥。显然，这里好久都没人住了。森林鼠怀特富特高兴地松了一口气，蜷在床上——他需要好好地睡一觉。他的肚子已经吃得饱饱的，他的安全感又回来了。事实上，正因为这是一所老房子，而且很久都没有人住了，所以更安全。森林鼠怀特富特知道，住在格林森林这一片的动物们，很可能都以为没人住在这个老树桩里，所以就不可能会有人来拜访了。

　　他太累了，睡了一整晚。森林鼠怀特富特属于那种不管白天还是晚上，只要想睡就能睡着的人。他更喜欢晚上出门，因为他觉得晚上要安全些。但白天他也经常出去。因此，第二天一大早醒来后，他就立即出门去四处察看，以便熟悉周围的新环境。

　　鼯鼠蒂米的家就在不远处那棵高大的枯树上。森林鼠怀特富特没看到鼯鼠蒂米。鼯鼠蒂米也喜欢白天在家里睡觉，晚上出去。森林鼠怀特富特很想念鼯鼠蒂米储藏室里的好东西，但他还是决定，要远离那个地方。他急忙跑出去找自己的早餐。不久，他就找到了一些松果，里面还有一些松子，真是太棒了。森林鼠怀特富特吃了一些，然后带着剩下的回到了自己的新家。

　　接着，他将那张旧床撕开，改成适合自己的尺寸。

那是鼯鼠蒂米的旧床，你知道的，这是鼯鼠蒂米的老房子。

很快，森林鼠怀特富特就把床改好了。干完以后，他更有回家的感觉了。然后，他开始在旧树桩附近四处勘察。他想搞清楚周围所有的洞和可能的藏身处——他就是靠着这些生存的。

最后，进了家门，他觉得非常满意。"这里是个好地方，"他自言自语道，"这里有很多可以藏身的地方，而且我也能找到足够的食物。有鼯鼠蒂米做邻居很棒。我坚信我们会相处得非常愉快。即使鼬鼠沙道来到这附近，我也不信他能爬上这个老树桩。他很可能会以为我住在地面上，或者更靠近地面的地方。我是个攀爬好手，我真是很开心。现在看来，如果春天大熊巴斯特不过来把这老树桩弄倒的话，我就会拥有一个所有人都想要的漂亮的家了。"

于是，开心不已的森林鼠怀特富特忘记了他那糟糕的旅途,也忘记了寻找新家时度过的那段可怕的时光。

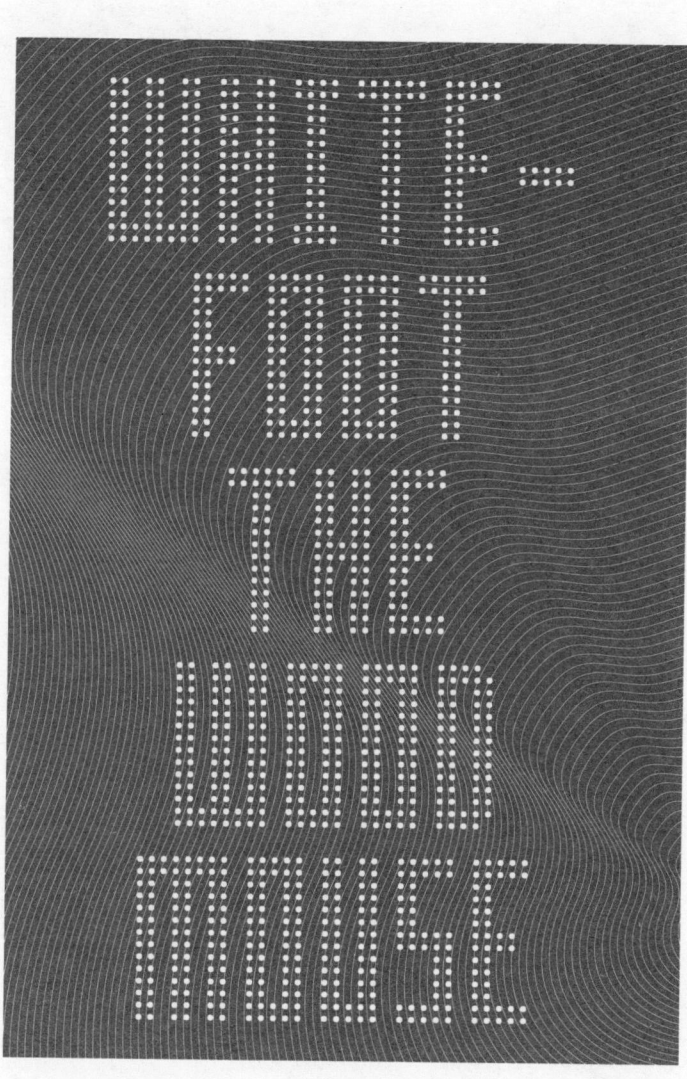

# 第二十一章
## 鼯鼠蒂米晚间的例行运动

忌妒本无用,
忌妒最愚蠢。
狐狸会吠叫,
为啥学猫头鹰哀鸣?

森林鼠怀特富特开始有住在家里的感觉了。他几乎没有什么不满意的地方，不过有件事除外：他没有装满食物的储藏室。这就意味着他每天都得出去找吃的。

也不是说森林鼠怀特富特很介意出去找吃的。即使他在附近有一个装满食物的储藏室，他也要出去寻找食物。但是，如果有个储藏室的话，他会感觉更轻松一些。那样的话，就算天气不好，自己不能出去找吃的，他也不愁填不饱肚子。

不过，森林鼠怀特富特是个乐天派，他很聪明地充分利用了手头所有的一切。起初，他很少白天出去。

他知道有很多双锐利的眼睛都在盯着他,而且与夜色匍匐着穿过整个格林森林的时候相比,他更容易在白天的亮光下被发现。

他会在门口窥视着外面,小心提防着白天的不速之客。有两次,他看到伯劳布彻落在鼯鼠蒂米的那棵树附近。森林鼠怀特富特知道,伯劳布彻并没有忘记,他曾经追过一只惊恐不已的森林鼠,那只森林鼠钻进了树洞里。一次,他看到了雪鸮怀迪。因此,他知道雪鸮怀迪并没有返回遥远的北方。一次,狐狸雷迪正好慢慢跑过森林鼠怀特富特住的那个老树桩,但他并没有想到森林鼠怀特富特就在里面。森林鼠怀特富特看到老郊狼两次慢悠悠地从这里跑了过去。还有一次,苍鹰泰诺落到那个树桩上,坐了半个小时。

于是,森林鼠怀特富特养成了和鼯鼠蒂米一样的习惯:白天大部分时间都待在自己的房子里,等到夜色潜入格林森林时再出去。鼯鼠蒂米也会在同一时间出现，因此他们就成了好朋友。

现在，森林鼠怀特富特已经不是那么忌妒别人了。不过，他连续好几个夜晚都在观察鼯鼠蒂米。他做的事情，让森林鼠怀特富特心里又生出一丝忌妒。鼯鼠蒂米会敏捷地爬上树顶，然后跳下来。落下时，鼯鼠蒂米会有一个长长的、美妙的滑行动作，就好像在空中飞翔一样。

第一次见到鼯鼠蒂米这样做的时候，森林鼠怀特富特屏住了呼吸。他真的不知道那是怎么回事。鼯鼠蒂米跳下来的那棵树和最近的一棵树离得很远。没有翅膀的动物，好像是不可能完成这样一个动作的。

"噢！"森林鼠怀特富特吱吱地叫嚷着，"噢！他会摔死的！他肯定会摔死的！他会摔断自己的脖子的！"但是鼯鼠蒂米没有。他滑翔下来，落到远处的地上，而且一秒钟都没有停留，就又爬上了另一棵树的树顶，然后又一次跳了下来。森林鼠怀特富特实在是不敢相信自己的眼睛。鼯鼠蒂米看起来只是为了好玩才往下跳的。事实正是如此，这是他的晚间例行运动。

　　森林鼠怀特富特叹了口气，自言自语道："我希望自己也能像他那样跳下来，如果我能那样跳的话，我就不会再怕任何人了。我忌妒鼯鼠蒂米。我真忌妒他哦。"

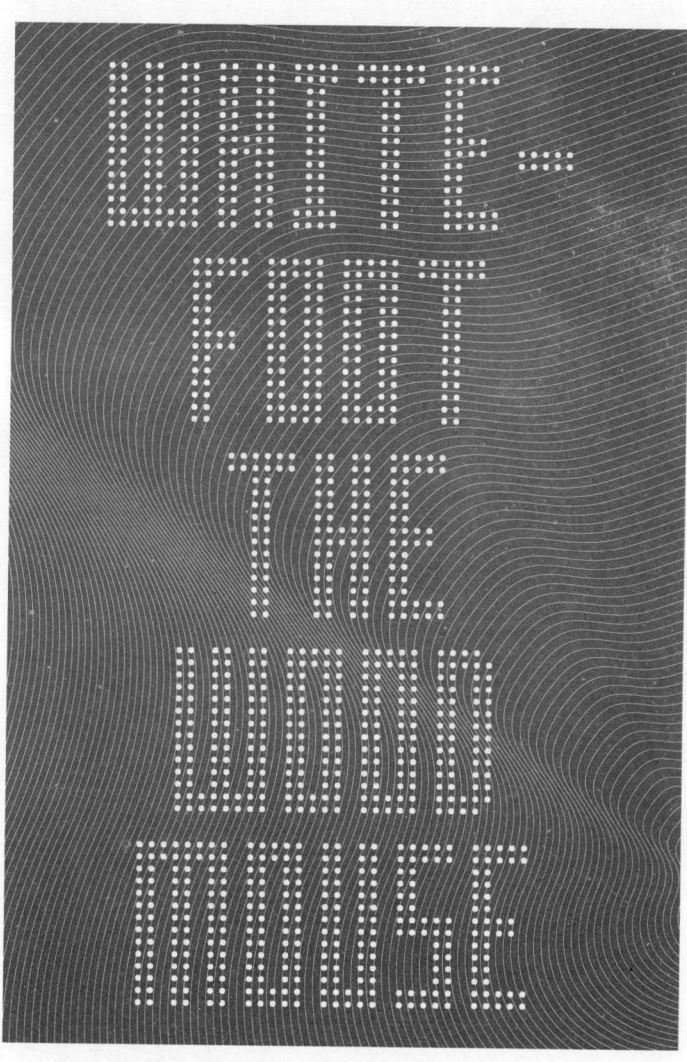

## 第二十二章
## 鼯鼠蒂米引开猫头鹰胡提

路遥知马力,
日久见人心。

鼯鼠蒂米偶尔会来拜访森林鼠怀特富特。如果森林鼠怀特富特在家，他总能知道鼯鼠蒂米是什么时候到的。他会听到高大的树桩底部传来砰的一声，其实声音很轻。他就立即知道，那是鼯鼠蒂米从树顶长距离跳到树桩下的声音。森林鼠怀特富特会从门口探出头来，确认是鼯鼠蒂米过来找他了。

森林鼠怀特富特已经变成了鼯鼠蒂米的"粉丝"，一个彻头彻尾的"粉丝"。对他来说，鼯鼠蒂米可能是他所知道的人里面最厉害的一个——你看，没人能像鼯鼠蒂米那样滑翔。鼯鼠蒂米也很喜欢森林鼠怀特富特。在格林森林里，鼯鼠蒂米几乎是最胆小的动物了。但现在却有了一个让鼯鼠蒂米觉得自己很大胆的小家伙儿。这种感受是如此不同，鼯鼠蒂米很欢喜。

于是，傍晚时分，当夜色从紫山偷偷地溜出来，穿过格林牧场和格林森林后，这两个小邻居就出来觅食了。森林鼠怀特富特从不远离自己住的那个树桩，因为他不敢。他想待在一旦遇到危险就能第一时间回到安全区域的地方。鼯鼠蒂米会走到远一点儿的地方，但他一般也去不了太久。他喜欢待在能看到森林鼠怀特富特，同时也能和他说话的地方。你看，鼯鼠蒂米和其他人很像——他喜欢闲聊。

一天晚上，森林鼠怀特富特发现很难找到足够的食物来填饱肚子。无可奈何之下，他只能走远一些，而且离家越来越远。鼯鼠蒂米已经吃饱了肚子，待在树顶旁边看着森林鼠怀特富特。突然，一道巨大的阴影从鼯鼠蒂米坐着的那棵树上掠过，落在了另一棵树的顶部。那是猫头鹰胡提。幸运的是，鼯鼠蒂米恰好看到了胡提。鼯鼠蒂米没有动。他知道，只要自己不动，就很安全。猫头鹰胡提并不知道他在那里。除非他动，否则胡提的大眼睛视力再好，也看不见他。

鼯鼠蒂米向刚才看到森林鼠怀特富特的地方望去。森林鼠怀特富特正从地上的一个松果里摘松子。有棵树在森林鼠怀特富特和猫头鹰胡提之间，正好挡住了视线。鼯鼠蒂米知道森林鼠怀特富特还没看到猫头鹰胡提，可他很有可能随时从那棵树后面跑出来。如果猫头鹰胡提看到，他就会像阴影一样悄无声息地猛冲下去，逮住森林鼠怀特富特。那时该怎么办呢？

"这不关我的事，"鼯鼠蒂米对自己说道，"森林鼠怀特富特得自己留意这样的事情。这跟我一点儿关系也没有。也许在森林鼠怀特富特走动前，猫头鹰胡提就会飞离。我不想森林鼠怀特富特发生任何意外，但如果真的发生了，那也是他自己的命。他应该更小心一点儿。"

过了一会儿,什么都没有发生。森林鼠怀特富特摘完那颗松果里最后一粒松子,开始继续寻找其他松果。鼯鼠蒂米知道猫头鹰胡提马上就要发现森林鼠怀特富特了。

你觉得鼯鼠蒂米现在会做什么?他跳了起来。是的,他跳了起来。他降低,降低,再降低,直接越过猫头鹰胡提坐着的那棵树。猫头鹰胡提发现了鼯鼠蒂米,就立刻扇动自己的大翅膀向鼯鼠蒂米追去。鼯鼠蒂米落在了一棵树底下,然后,他立即窜向了树的另一边——当时猫头鹰胡提已经靠近他了,但他的时机把握得刚好。然后,鼯鼠蒂米爬到树上再次起跳,猫头鹰胡提又一次功亏一篑。就这样,鼯鼠蒂米引着猫头鹰胡提远离了森林鼠怀特富特。

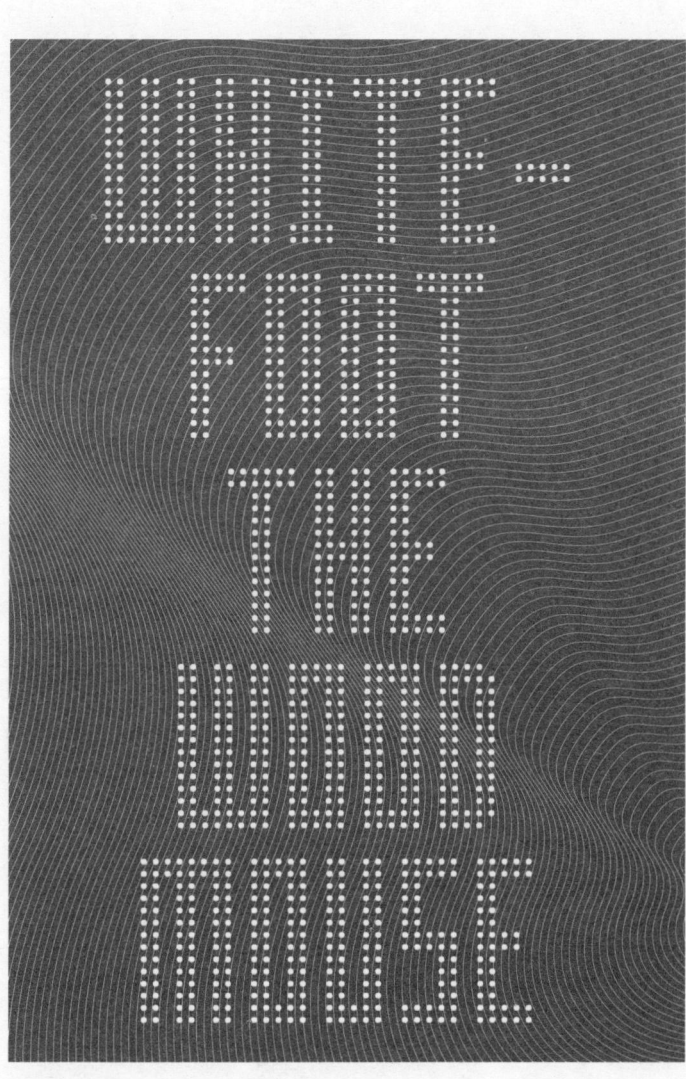

## 第二十三章
## 可怕的一夜

夜黑黑,
林静静,
受惊的人真可怜。

森林鼠怀特富特这辈子也不会忘记那个夜晚。即使现在，只要想起那个夜晚，他就会颤抖不已。是的，即使是现在，无论何时，只要想到那个晚上，他就会颤抖。那天晚上夜来得有些早，所以，当森林鼠怀特富特爬下自己舒适的小床准备出门时，天已经很黑了。

当那种可怕的声音响起的时候，他刚刚把鼻子伸出门外。那个声音把他吓得往后跌了过去，正好跌进自己的房子里。当然，他并没有受伤，因为他跌到了自己柔软的床上。

"咕——咕——咕，咕——咕！"那可怕的声音又响起来了。

森林鼠怀特富特浑身都在颤抖，牙齿都在咯咯作响。至少在他看来，那种声音很可怕——那是猫头鹰胡提的声音。森林鼠怀特富特这会儿知道，猫头鹰胡提就在那个老树桩顶上站着。可以这样说，他就站在森林鼠怀特富特的房顶上。

格林森林里再也没有比猫头鹰胡提捕猎时发出的声音更可怕的了。它让所有体型比较小的鸟儿和动物都感到恐惧。猫头鹰胡提知道这一点，而且没人比他更清楚这一点。这就是为什么他这么叫的原因。他知道很多小个子动物都在睡觉，都藏在某个安全的地方，光找他们的话一点儿用也没有。那么干的话，他找到食物前可能已经饿死了。但任何一个被惊醒的动物都会动弹，而只要他们活动，就肯定会发出声响。他的耳朵如此敏锐，能听见最微弱的声音，并能准确分辨出声音来自哪里。所以，他才用那种叫声吓唬小居民们，想让他们活动起来。

现在，森林鼠怀特富特知道自己很安全，猫头鹰胡提不可能逮到他，甚至不可能发现此时他就在树桩里待着。没有什么可怕的。但猫头鹰胡提每次发出叫声都让森林鼠怀特富特浑身战栗，他吓得魂儿都快丢了。他就是控制不住自己。"他抓不到我。我知道，他抓不到我。我相当安全。没什么可怕的。害怕的感觉是愚蠢的。也许猫头鹰胡提根本就不知道我在这里。即使他知道，也没什么关系。"森林鼠怀特富特对自己一遍遍地说着这些话。不过，猫头鹰胡提一发出那种尖利的、可怕的嚎叫，森林鼠怀特富特就会像以前一样，吓得跳起来，然后浑身发抖。

过了一会儿，一切都静了下来。渐渐地，森林鼠怀特富特停止了颤抖。他想猫头鹰胡提已经飞走了。但他仍然在原来的地方待了很久。他不想冒险，所以他就一直等着。

最后，他确信猫头鹰胡提已经飞走了，就再次爬出了小圆门。不过，即使露出鼻子，他也要先在门口等一会儿。就在他决定要出去的时候，那可怕的声音又响起来了，像以前一样，他又开始颤抖，接着四脚朝天跌到了床上。

那晚，森林鼠怀特富特根本没有出门。那是一个月光皎洁的夜晚，刚好是那种可以外出溜达一番的夜晚。但在那个漫漫长夜里，每次猫头鹰胡提在树桩上嚎叫时，躺在自己小床上的森林鼠怀特富特都会被吓得直打哆嗦。

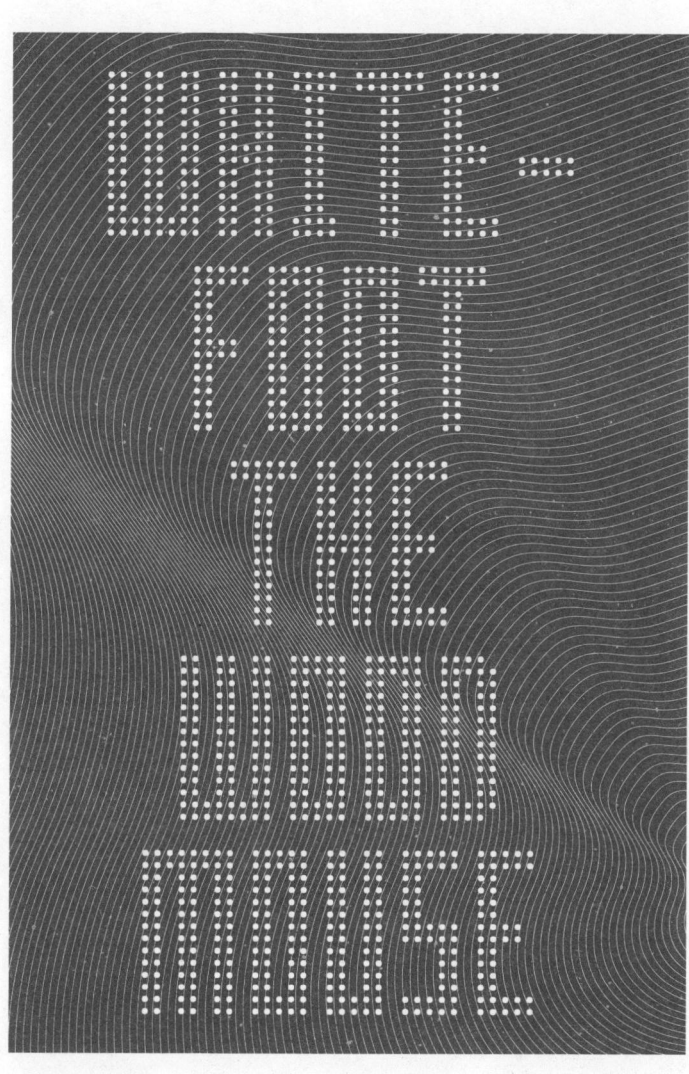

## 第二十四章
### 森林鼠怀特富特郁闷了

悲伤绝不会没有理由,
要么是因为没有吃饱,
要么是因为愁在心头。

森林鼠怀特富特本应该开开心心的，但是他没有。冬天过去了，美丽的春姑娘给格林森林带来了欢乐，每个人都很开心。刚开始，森林鼠怀特富特也跟他的邻居们一样高兴。从阳光明媚的南国飞来的鸟儿朋友们，马上就要建新房了。他们唧唧喳喳的叫声和歌声弥漫在空气中，快乐无处不在。食物已经很充足，森林鼠怀特富特变得圆嘟嘟的了。也就是说，他变成了一个可爱活泼的森林鼠本来该有的样子。他的敌人没有发现他的新家，他也没有什么可担心的。

但是，慢慢地，森林鼠怀特富特变得不开心了。日子一天天过去，他越来越不开心。待在自己的新家也开心不起来。他开始漫无目的地闲逛。每天闲逛的距离都比从前更远，比过去习惯的离家距离还远。有时，他会坐下来，仔细听着四周的声音，可他不知道自己到底在听什么。他告诉自己："我有麻烦了，但是我不知道是什么麻烦。不可能是食物的问题。那方面我没什么可担心的。但我真的有麻烦了。我没有胃口，什么好东西吃起来都感觉没滋没味。我好像在期待着什么，可我也不知道自己在期待什么。"

他想把自己的麻烦告诉他的邻居鼯鼠蒂米。但是鼯鼠蒂米太忙，没有时间与他聊天。兔子彼得出现的时候，森林鼠怀特富特试着去和他说话。但兔子彼得太兴奋，根本坐不住。没有人对森林鼠怀特富特的烦恼感兴趣，大家都在忙自己的事。

一天天过去了，森林鼠怀特富特越来越不开心了。夜晚来临的时候，他没有像往常一样到处溜达，而是闷闷不乐地坐着。不知怎的，画眉梅洛迪那动听的歌声也没法让他提起精神，没法像以前那样让他感到快乐了。以前那些让他开心的事情，现在似乎都不能让他高兴起来了。

一次，他都想去寻找另一所房子了，但不一会儿他就对这件事失去了兴趣。他确实着手准备了，可还没走多远，他就忘记了自己在做什么。以前，他常常到处奔跑，攀爬，跳跃，玩耍，那可以给他带来很多快乐。可是，现在他再也不想做那些事了。森林鼠怀特富特感到特别不开心，而且到目前为止，他还不知道自己为什么不开心。

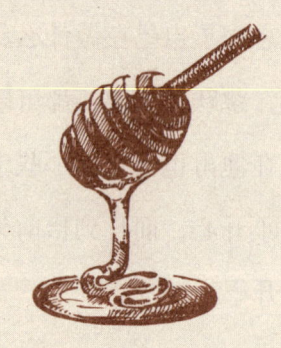

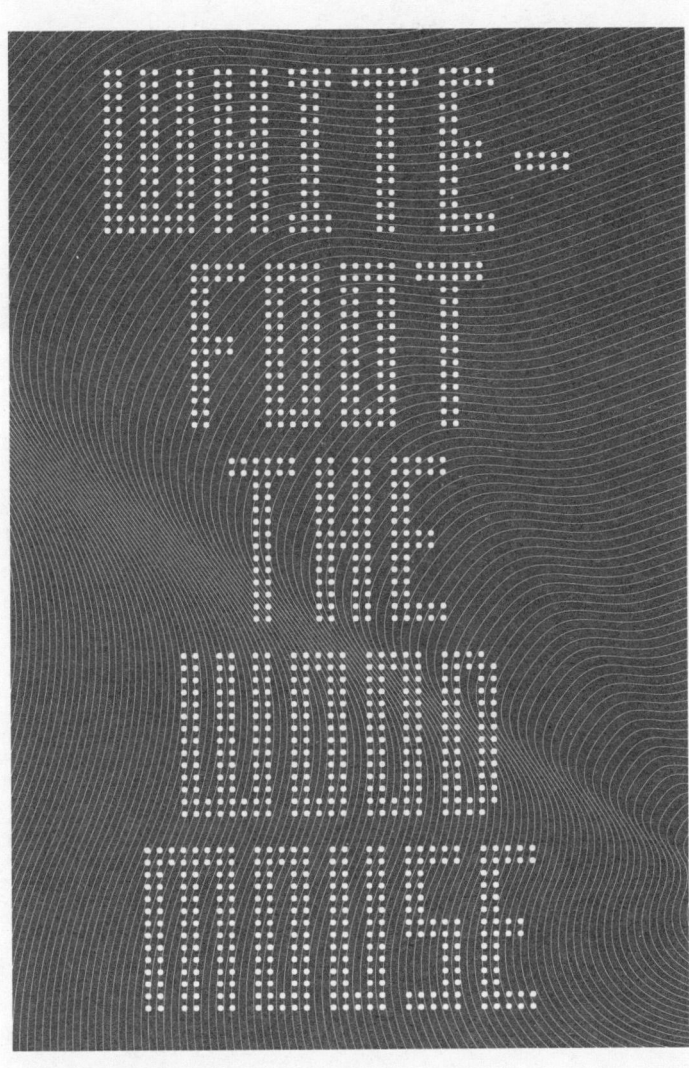

# 第二十五章
## 孤独就是症结所在

孤独的人真可怜,
一旦伤了心,
医生也治不好。

格林森林里所有小居民中,好像只有森林鼠怀特富特一个人不开心。他也不知道自己是怎么了。一天天过去了,他越来越不开心了。或许,我应该说他是一夜夜越来越不开心了——白天的大部分时间他都在睡觉。"有什么地方不对劲儿。"他反复问自己,"肯定是我有问题,因为其他人都很开心。这是一年中最快乐的时光。我希望有人能告诉我,是什么让我这么痛苦。我想开开心心的。可不知怎么的,我就是开心不起来。"

一天晚上,他比平常逛得更远了一些。他也没去什么特别的地方。他也没什么特别的事情可做。他只是到处闲逛，因为他就是不愿待在家里。不远处，画眉梅洛迪正在倾情演唱他的夜之歌。森林鼠怀特富特停下来听着。但这比以前更让他伤心了。画眉梅洛迪停了一会儿。就在这时，森林鼠怀特富特听见一个微弱的声音。他竖起耳朵听着，是轻轻的咚咚声。他立即明白了这是什么声音——那是纤细的小脚在木头上快速敲击发出的。森林鼠怀特富特自己就曾这样敲击过很多次。声音虽不大，但很清晰。不过，它只持续了一小会儿。

  忽然，一件奇怪的事情发生了。他感觉心情好多了，起初他不知道为什么，但就是感觉好多了。接着，他想都没想，也敲击了起来。然后他停了下来，仔细听着。刚开始什么都没听到。随后，那个敲击声又响起来了。有人回应了森林鼠怀特富特。森林鼠怀特富特感觉自己心情越来越好了。他向着那个敲击声发出的方向走近了些，然后更使劲地敲起来。起初，他没有得到回应。

然而,过了几分钟,他又听见了敲击声。不过,这次是从其他地方传来的。森林鼠怀特富特特别兴奋。他知道那个声音是另外一只森林鼠发出的。一瞬间,他明白了自己的问题的根源。"我一直很孤独!这就是我的症结所在。我一直很孤独,而我并不知道。不知道其他的森林鼠是不是也有这种感觉。"森林鼠怀特富特大叫道。

他再次敲击起来,回应也再次传来。森林鼠怀特富特又急忙跑向敲击声传来的方向。下一个回应从另一处不同的地方发出时,他再次失望了。不过现在他已经变得相当兴奋。他一定要找到另一只森林鼠。每次听到敲击声,一种兴奋而刺激的感觉便流遍他的全身。虽然他不知道为什么,但那种感觉确实存在,就是这样。他必须找到另一只森林鼠。他忘记了其他所有的事情。他甚至都没注意到自己正往哪里去。他不断地敲击着,等着回应。一听到回应,他就会奔向声音传来的方向,然后停下来再敲击。有时回应发出的地方很近,有时又很远。这让森林鼠怀特富特很担忧——他怕那个陌生人离开。

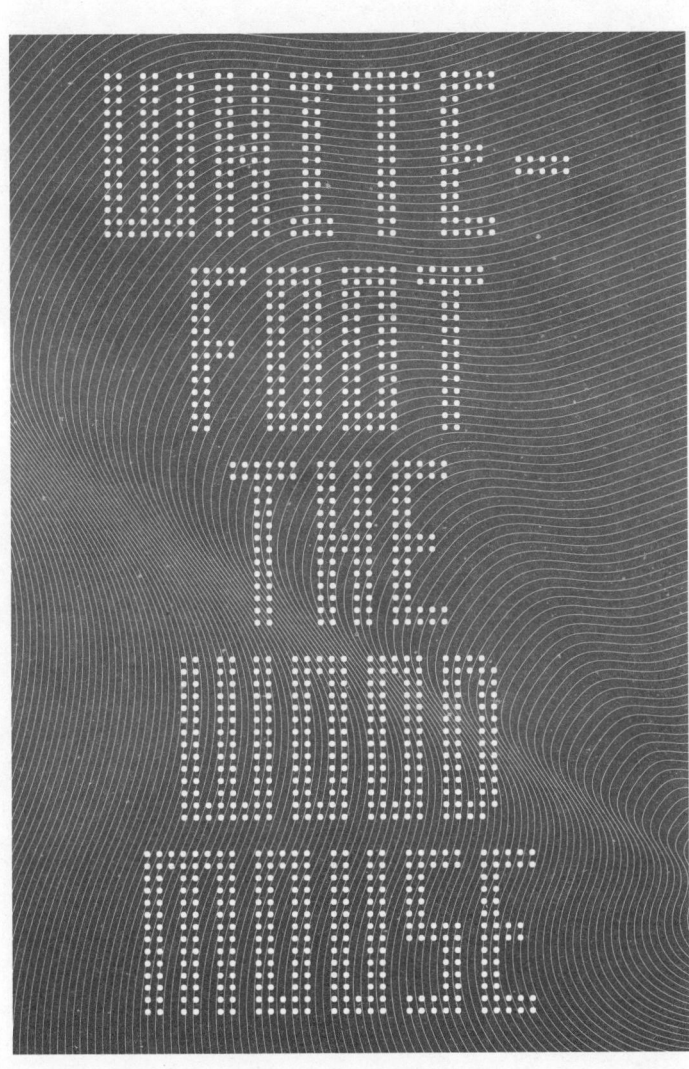

# 第二十六章
## 丹迪小姐

爱情多热烈,
心房暖烘烘。

黄昏时分，森林鼠怀特富特一直在玩着这个有趣的捉迷藏游戏。实际上，他要找一个人，只是他不知道自己在找谁。他知道那是另一只森林鼠，可对他来说仍然是个陌生人。而且不管怎么做，他都看不到那个陌生人。他用脚敲击着木头，停顿一小会儿后，就会有一个敲击声回应。然后，森林鼠怀特富特就会立即跑向那里，结果发现那里根本就没人。他再敲击，回应又会从另一个方向传来。

　　森林鼠怀特富特越发兴奋。他忘记了所有的事情，甚至连危险也顾不上了。他渴望见到那个小小的"鼓手"。有那么一两次，因为沮丧，他甚至发脾气了。他太想找到小鼓手了，所以他生了很长一段时间的气。

终于，有一次，他的敲击没有得到回应。他敲击了一次，停下来仔细听着，然后又敲击了一次，再停下来仔细听。但他什么也听不到。没有任何回应。森林鼠怀特富特的心沉了下来。原来的那种孤独感又向他袭来。他不知道该去什么地方寻找那个陌生人。他一刻不停地敲击着，后来，他累得实在敲不动了。他坐在一根老原木的一头，心里觉得失望极了。如果哭鼻子有用的话，他会大哭一场的。

就在他决定找条路回家时，他敏锐的小耳朵听到了干树叶发出的微弱的沙沙声。森林鼠怀特富特立即变得警觉起来。很久以前，他就学会了一听到树叶沙沙作响，就要立刻警觉的常识。这是正在靠近的敌人发出的。森林鼠想要活得久，就不能忽视沙沙响的树叶。他一动不动地站在那里，盯着一个方向。他感觉那微弱的声音好像是从那个方向传来的。可是，接下来的几分钟内，他什么都没听到，什么都没看到。然后他身后的树叶又沙沙响起来。森林鼠怀特富特像闪电一样转过身，他的脚并在了一起，已经做好随时跳出一大步的准备。

刚开始，他什么也没看见。然后，他发现有两只明亮而温柔的小眼睛正在看着他。他使劲盯着那双眼睛，听到敲击声的那种兴奋感又回来了。即使没人告诉他，他也知道那双眼睛就是那个小鼓手的。她跟他玩了很长时间的捉迷藏。

森林鼠怀特富特屏住呼吸，他特别怕那双眼睛会消失。最后，他开始小心翼翼地跑向那双眼睛所在的方向。但它们消失了。森林鼠怀特富特的心又沉了下来。他想要快速地冲过去，可他没有动，仍然坐在原地。右边又传来一阵轻微的沙沙声。就在那儿，一缕月光洒在了树枝上。月光下坐着一个羞怯的小家伙儿。森林鼠怀特富特觉得，他正瞧着的，是世界上最漂亮的一只森林鼠。突然，他也有些害羞起来，也变得胆怯了。"你……你……你是谁？"他结结巴巴地问道。"我是丹迪小姐。"那个陌生人不好意思地回答道。

就在此时，就在此地，森林鼠怀特富特心里被什么东西填得满满的，满得像是要爆炸了一样。那就是爱。就在那一刻，他知道他找到了世界上最美好的东西。是的，那就是爱。他知道，他的生活中再也不能没有丹迪小姐了。

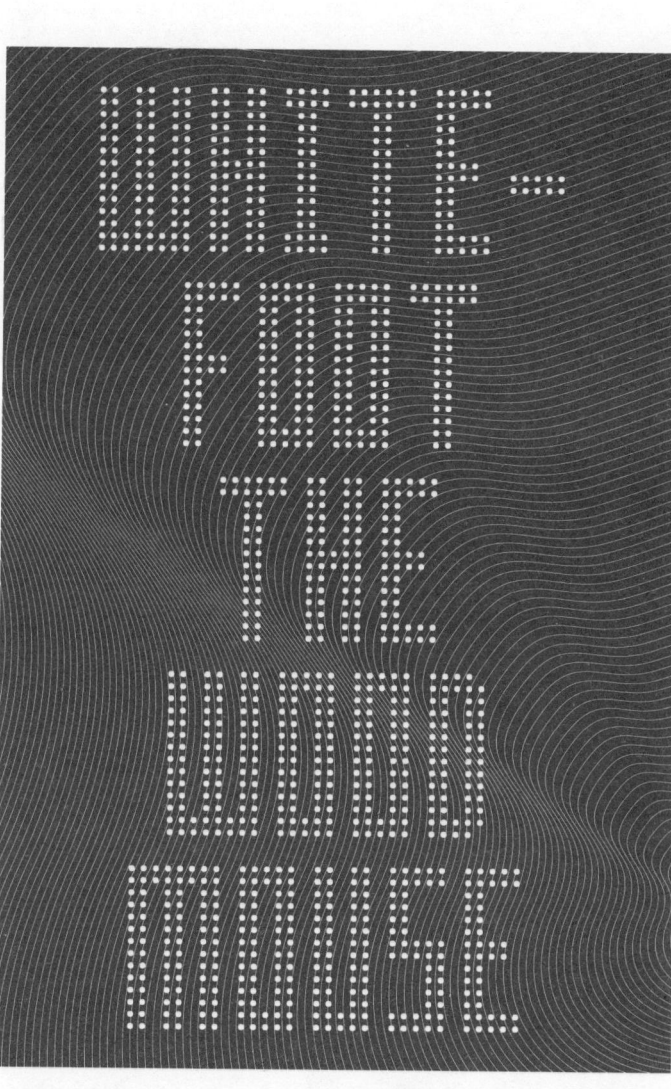

# 第二十七章
## 森林鼠怀特富特夫妇

说完了,做完了,
有情人终成眷属。

在森林鼠怀特富特眼里，丹迪小姐就是世界上最漂亮、最迷人的姑娘。她很害羞，也很胆小。森林鼠怀特富特花了很长时间，才让她相信自己的生活里不能没有她——至少，她之前是在假装不相信。其实，丹迪小姐对森林鼠怀特富特的感觉，与森林鼠怀特富特对她的感觉是一样的，但森林鼠怀特富特不知道这一点。在她告诉森林鼠怀特富特自己爱他，就像他爱自己一样之前，她一直在逗森林鼠怀特富特玩。

最后，丹迪小姐羞涩地承认，她爱森林鼠怀特富特就像森林鼠怀特富特爱她一样，并且愿意嫁给他。她心里认为他是世界上最优秀的森林鼠，只是她并没有告诉他。她要让森林鼠怀特富特觉得，是她勉为其难才和他在一起的。

　　至于森林鼠怀特富特，他现在只剩下开心了。他开始尝试唱歌了。对于一只老鼠来说，他唱得已经非常好了。他已经做好一切准备，并且非常急切地想去做太太想要做的任何事。他们一起在月光下奔跑，一起寻找好吃的食物，一起把他们好奇的鼻子伸进每一个他们找到的小地方。森林鼠怀特富特忘记了曾经的悲伤和孤独。他不停地跑来跑去，只是为了纯粹的快乐。他做着各种各样有趣的事情，但他从来没有忘记要警惕危险的发生。实际上，他比以前任何时候都警觉，因为现在，除了要保护自己，他还要保护太太。

　　最后，森林鼠怀特富特羞怯地建议去看看他的漂亮房子。太太坚持说，他们应该去她的家。森林鼠怀特富特同意了，条件是之后她要去参观他的家。于是，他们一起回到了怀特富特太太的家里。森林鼠怀特富特假装自己非常喜欢那里，但他打心眼儿里还是觉得自己的房子更好。而且他很确定，一旦太太看到自己的房子，就会同意他的看法。

但怀特富特太太对自己的老房子非常满意，根本不想离开。她的房子在一个中空的树桩里，离地面很近。这正是鼬鼠沙道会拜访的地方。对森林鼠怀特富特来说，这一点儿都不安全。实际上，他很担心。这个地方也没有他自己的家舒适。当然，他没有说出来，只是假装喜欢所有的一切。

他们在那里待了两天两夜。然后，森林鼠怀特富特提议去参观他的房子。"当然，亲爱的。如果你不愿意，我们不必住在那里，但我想让你去看看。"他说道。

怀特富特太太看起来根本就不想去。为了能留在自己家里，她开始找各种借口。你瞧，她很爱这个家。他们在门外讨论这件事时，森林鼠怀特富特看见不远处有个东西快速闪了过去——那是鼬鼠沙道！他俩都屏住了呼吸。鼬鼠沙道跑过去了，并没有注意到他们。随后，鼬鼠沙道在他们的视野中消失了，怀特富特太太还在颤抖着。"我们马上去你家，我以前从来没在这儿见过鼬鼠沙道。现在他已经来过一次了，他可能会再来的。"她低声说道。

森林鼠怀特富特答道："我们马上出发。"

这次，仅有的一次，他很高兴鼬鼠沙道出现在附近。

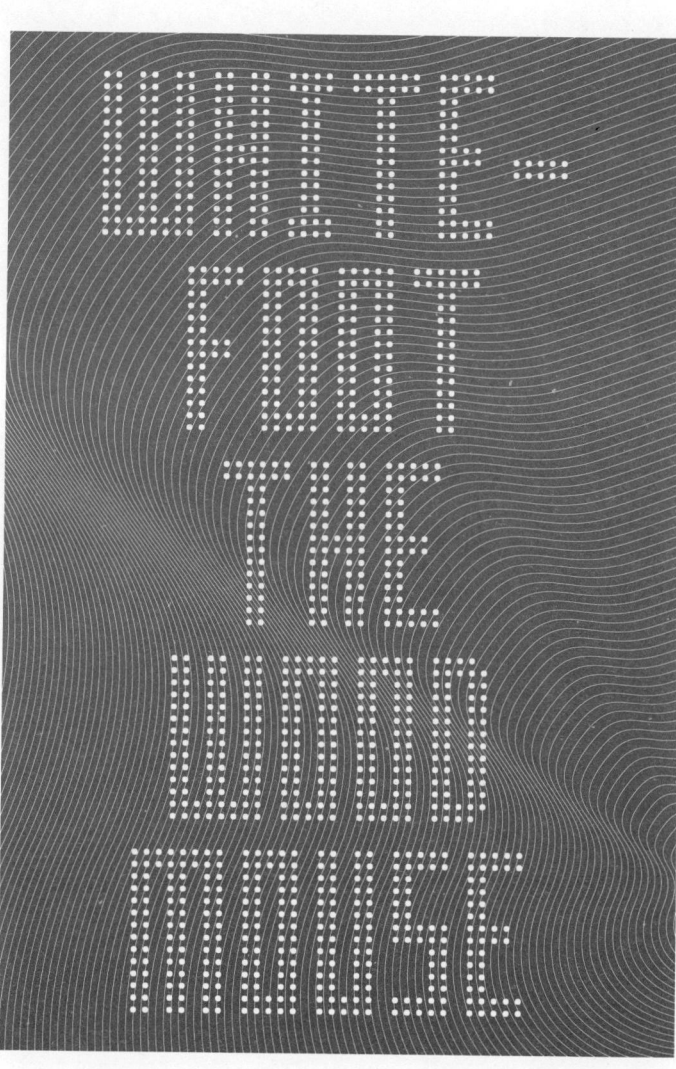

# 第二十八章
## 找房子

如果太太做了决定,
先生最好支持。

森林鼠怀特富特为自己的房子而自豪。他带太太参观了那里。他很确定她会马上留下来。这样的话,这个房子就是他们以后住的地方了。我们都知道它在高高的枯树桩里,那曾是鼯鼠蒂米的家。

"到了,亲爱的。你觉得这里怎么样?"他们到达那个小圆门时,森林鼠怀特富特非常骄傲地问道。

太太什么都没说,而是走了进去。在森林鼠怀特富特看来,她进去了很长时间。他焦急地在外边等着。你瞧,怀特富特太太是一个非常娇小的人,她从上到下将房子内部看了个遍。最后,她回到门口。

森林鼠怀特富特小心翼翼地问道:"难道你不觉

得这是一个很好的房子吗?"

太太回答道:"在同样类型的房子里,它还不错。"

森林鼠怀特富特的心沉了下来。他不喜欢怀特富特太太的语气。"亲爱的,你是什么意思?"森林鼠怀特富特问道。

太太用一种很肯定的方式回答道:"我的意思是,冬天它是一个不错的住所,但夏天根本不行。确切地说,对我来说,夏天不能住在这里。首先,如果我们有了孩子,那这个房子就太高了。我会担心孩子们摔下去。另外,夏天我不喜欢住在树桩里。怀特富特,我觉得我们必须四处看看,去找一个新住处。"

说着,太太已经开始往下爬了,森林鼠怀特富特也跟了下来。"好的,亲爱的,好的,"他低眉顺眼地对太太说道,"你肯定是对的。在我看来,这个房子很好。当然,如果你不喜欢,我们可以再去找一个。"

太太什么都没说,只是从树上下来了。森林鼠怀特富特顺从地跟着。然后，他们开始耐心地四处寻找。太太好像知道她想要什么样的房子，她否决了好几个森林鼠怀特富特觉得可以造一个漂亮房子的地方。她几乎没有看森林鼠怀特富特找到的那个很好的空木头。她很少将鼻子探进老树桩根部的地洞里。她四处跑着，爬着树桩。他们不断爬，森林鼠怀特富特已经累得够呛了。

森林鼠怀特富特停下来休息，他看不到太太了。过了一会儿，他听见太太在兴奋地叫他。森林鼠怀特富特找到她时，她正待在一棵小树上，旁边有一个离地面几英尺高的旧巢。这里曾是画眉梅洛迪的家。太太站在那里，明亮的双眼既激动又快乐地眨着。"我找到了！"她大喊道，"我找到了！这就是我想要找的那个家。"

森林鼠怀特富特问道："找到什么了？除了梅洛迪的旧房子，我什么也没看到。"

太太娇斥道:"我找到我们要找的房子了,笨蛋。"

森林鼠怀特富特只是一直盯着看。"我什么房子都没看到。"他说道。

太太不耐烦地跺着脚,说:"就在这儿,笨蛋。这个旧巢会成为我们最好的家。没有人会来这儿找我们。我们必须马上行动,把它整修一下。"

即使这样,森林鼠怀特富特还是不明白。平常他都是住地洞、空树桩或树洞,他不知道他们要怎么住一个旧鸟巢。

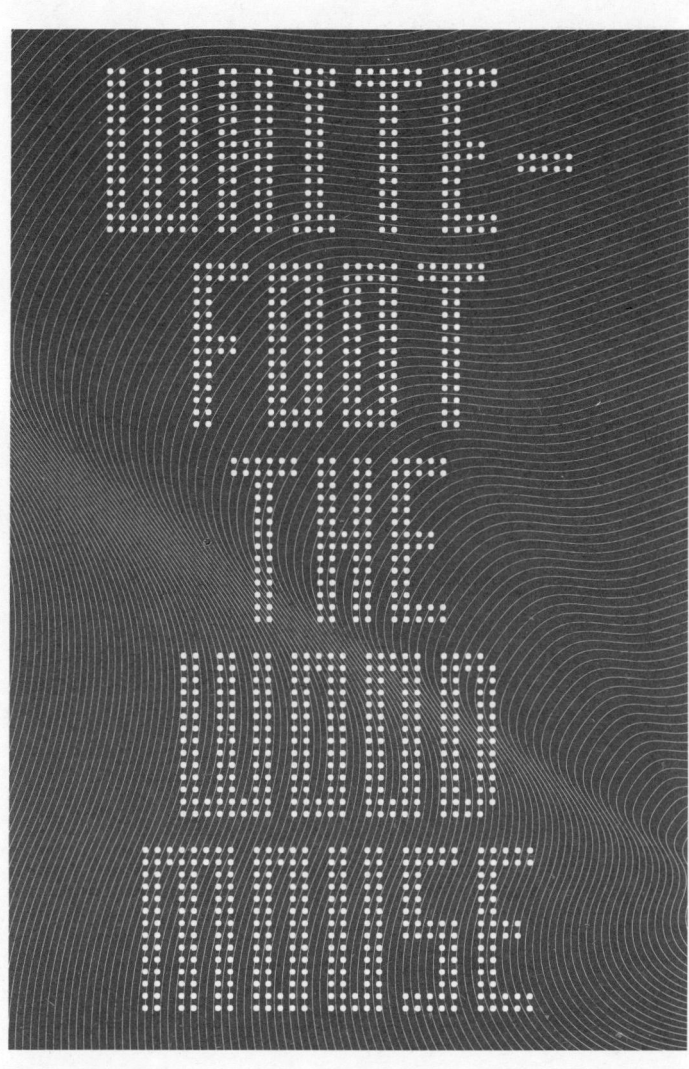

# 第二十九章
## 改造老屋

一个用爱建成的家,
你永远不会想放弃。

森林鼠怀特富特爬到太太身边，然后没花多长时间就爬上了旧鸟巢。那个巢筑在一棵小树上，离地面只有几英尺高。你知道的，森林鼠怀特富特很擅长攀爬。

　　他发现太太特别兴奋。她对那个旧巢很满意，她的满意都写在脸上了。对森林鼠怀特富特来说，除了一个荒废无用的房子外，他什么也没看到。说实话，以前这真是一个非常好的房子：它由小树枝、干杂草、树叶、须根和泥巴建成。它牢牢地固定在那棵小树的树杈上，现在还很坚固。但是森林鼠怀特富特不明白，这儿怎么可能会变成一个老鼠的家。他表示了很多遍他的疑问。

太太更加激动了。"你这个小傻瓜,"她说道,"你到底是怎么了?难道你还没明白我们要做的?只要弄个屋顶,下面再做一个入口,里边安一张柔软舒服的床,这里就会变成一个可爱的家了。"

森林鼠怀特富特抗议道:"我不明白,为什么我们不一起建一个新家呢?在我看来,我那个树桩里的房子比这个地方好多了。我的房子有坚固的墙面,我们什么都不必做。"

"我跟你说了,夏天那房子不适合我。"太太厉声回答道,她已经开始失去耐心了,"冬天还好,但是冬天很遥远。夏天,你的房子可能适合你,但不适合我。这个地方适合我。所以,这就是我们要住的地方。"

森林鼠怀特富特赶紧赔笑道:"当然,亲爱的,当然!如果你想住在这儿,那我们就住在这儿。但说实在的,我还是不明白,怎么才能把这个旧窝变成一个像样的房子。"

太太回答道:"不用担心!你可以去弄些材料,剩下的交给我。我们不要浪费时间了。我想快点儿弄好我们的房子,这样才能有稳定下来的感觉。我已经计划好我们要做什么,我也想好了我们怎么做。现在,你去找些柔软的干草、树皮、苔藓,还有其他你能找到的柔软而结实的东西。快忙起来,不要只站在那里说话了。"

森林鼠怀特富特当然按照太太的要求做了。他跑回地面上,开始寻找太太想要的东西。虽然他还是不太同意她把旧巢改成新家的主意,但如果她坚持做这件事,他觉得,就得给她用那些很好的材料。

森林鼠怀特富特在地面和树上的旧巢间匆匆忙忙地跑来跑去。不久,旧巢里就出现了一堆干草和树皮。太太也跟他一起去寻找那些东西,但她还要花更多的时间整理那些东西。她在旧巢上方建了一个屋顶，还在下边做了一个小圆门，大小刚刚能容纳他们两个通过。除非你在下边碰巧看见，不然你根本不会知道那儿有一个入口。入口里边是一个舒适的、圆圆的房子。她在里边做了一张柔软而舒服的床。它看起来越来越像一个家，森林鼠怀特富特自己也开始兴奋起来，也像太太刚开始那样急切了。

"这儿就要变成一个漂亮的房子了！"他喊叫道。

太太说道："我早告诉你了！"

# 第三十章
# 乔迁新居

如果家里有爱,
　就算陋室,
　也很可爱。

太太把桦树皮放到房子的屋顶上,说:"好了。屋顶完成了。"这个房子是她和森林鼠怀特富特用画眉梅洛迪的旧巢改造的。"我觉得雨再大,雨水也不会漏进房子里。"

森林鼠怀特富特满脸崇拜地说道:"太好了。你从哪儿学的这么好的手艺?"

太太回答道:"跟我妈妈学的,我就是在这样的房子里出生的。对森林鼠宝宝来说,这是最好的房子。"

森林鼠怀特富特壮着胆子问道:"你不觉得它有被大风刮下来的危险吗?"

"当然不会,"太太反驳道,脸上都是鄙视的表情,"这个旧巢不是在这儿好好地待了一年吗?如果我哪怕有一点点的担心,你觉得我还会用它吗?亲爱的,相信我。"

"嗯,我相信,"森林鼠怀特富特顺从地说,"你是世界上最聪明的人。我没发现这个地方有什么缺点。你知道的,我以前住地洞,住空树桩,或者住树洞。我还不习惯住在这样一个会随风摇摆的房子里。不过,如果你说没问题,那它当然没问题。也许过段时间,我就习惯了。"

森林鼠怀特富特慢慢地习惯了这样的房子。在里边住了几天后,这房子看起来也正常了。他不担心它在刮风时会摇晃了。实际上,他还挺享受的。于是,怀特富特夫妇就在这里住了下来,开始享受他们的新家。他们还时不时给房子里添置些东西。

不知为什么,这里让森林鼠怀特富特觉得特别安全,比他住过的任何一个地方都安全。你瞧,他见过好多次有鸟儿们落在房子附近，可他们看都没看第二眼。他知道，他们看到了那个房子，但是只把它当成了旧巢，当成了被他们中的一员抛弃了的家。

森林鼠怀特富特暗自发笑，笑了很久。"如果他们会犯这样的错误，那么其他人也会犯的。"他喃喃自语道，"虽然我们的房子看起来很普通，也不怎么好看，但我相信，它比我以前最好的藏身之处都要好。我最害怕鼬鼠沙道。可他永远不会想爬上这棵小树去看一个旧巢。"

过了几天，大熊巴斯特碰巧路过那里。他非常喜欢鲜嫩的森林鼠。巴斯特的爪子扯开枯树桩，或者追着森林鼠怀特富特向地下挖的时候，森林鼠怀特富特侥幸逃脱了多次。他看到大熊巴斯特抬起狡猾的小眼睛，看了一眼新房子，不过，这丝毫没有勾起大熊巴斯特的兴趣。然后，大熊巴斯特拖起一根老原木，舔光了木头下边的蚂蚁。森林鼠怀特富特心里又一次暗笑起来。"是的,先生,"他说道,"这是我住过的最安全的房子。"

就这样,怀特富特夫妇幸福地生活在他们改造好的房子里。而且这一度使森林鼠怀特富特什么都不再担心了。生活看起来比以往任何时候都要美好。他几乎忘记了这个地方还有饥饿的敌人这回事。

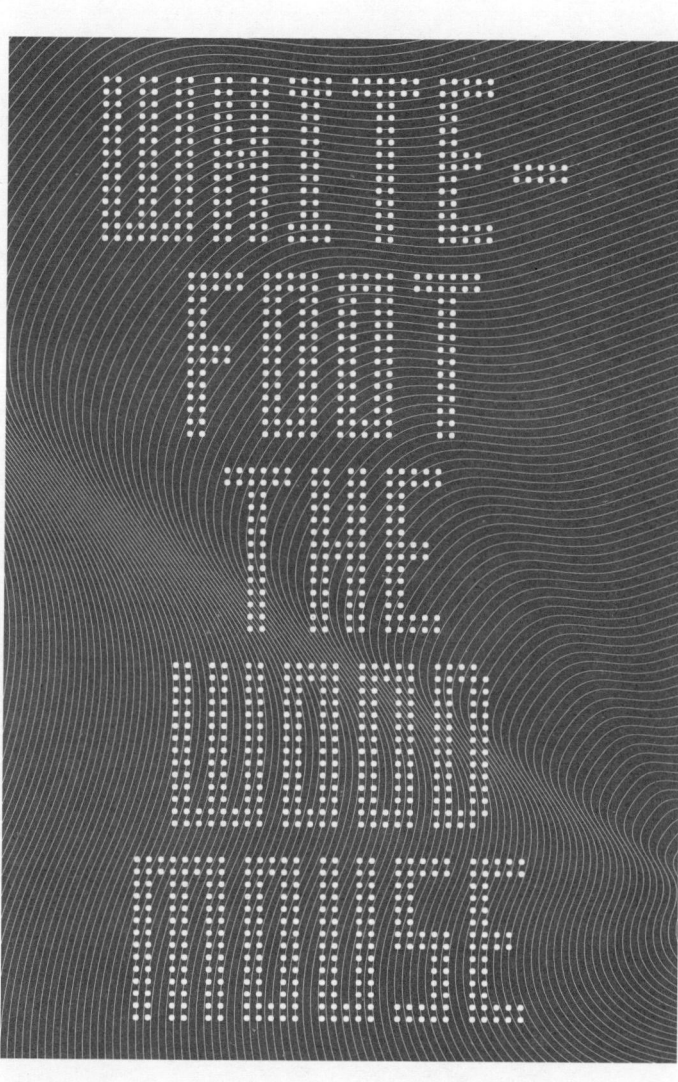

# 第三十一章
## 被太太撵出家门

我爱的人,
伤我最深。

森林鼠怀特富特受伤了,而且伤得很重。这可不是身体的伤痛,而是心里的。他心里好难过啊。更糟糕的是,他完全不能理解这一切。一天晚上,他在小圆门入口处遇见了太太。"你不能进来。"她说道。

森林鼠怀特富特无比惊讶地问道:"我为什么不能进去?"

太太回答道:"别管为什么。你不能进来,就是这样。"

森林鼠怀特富特问道:"你的意思是,我再也不能来了?"

太太回答道:"我不知道,反正现在你不能进来,以后一段时间里也不能。我觉得,你最好还是去你空树桩里的房子住吧。"

他瞪着太太,觉得她真是疯了。然后,他开始发怒。"我认为我想进就进,"他说道,"这个家是你的,也是我的。你没有权力不让我进去。别挡我的路。"

但太太并没有给他让路,森林鼠怀特富特试了几次都没能进去。你看,她正好挡在了小圆门的入口处。最后,他不得不放弃了。他后来又回来三次。但每次,他都发现太太待在门口,而且每次都会被她赶走。最终,他回到了老树桩里的老房子——他没其他地方可去。他曾经认为,这儿也许是最漂亮的家,可现在这里一点儿都不适合他。事实上,他开始想念太太了。所以,他曾经认为是家的地方,现在仅仅是一个可以藏身和睡觉的地方。

森林鼠怀特富特的愤怒并没有持续很久,他的愤怒渐渐被那种受伤的感觉所替代。他觉得自己肯定做了太太不喜欢的事情。他思来想去，但还是想不起来自己到底干了什么。他又回去了好几次，想看看太太的态度有没有改变，但他发现她还是和之前一样。从那之后，森林鼠怀特富特就不敢回新家了。有时，他会坐在不远处，充满渴望地盯着那里。美丽的春日时光带给他的快乐消散了。现在他就跟遇到太太前一样不开心，甚至比那个时候更加孤独了。而雪上加霜的是，他心里的伤口越来越深，他快要不能承受了。

"如果我能明白这是为什么，就不会这么难受了，"他一遍遍地对自己说，"但我就是不明白。我不明白为什么她不再爱我了。"

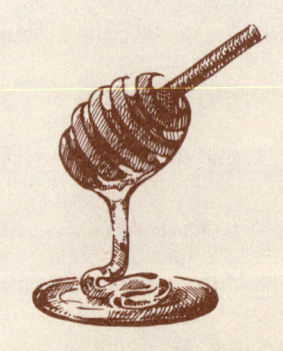

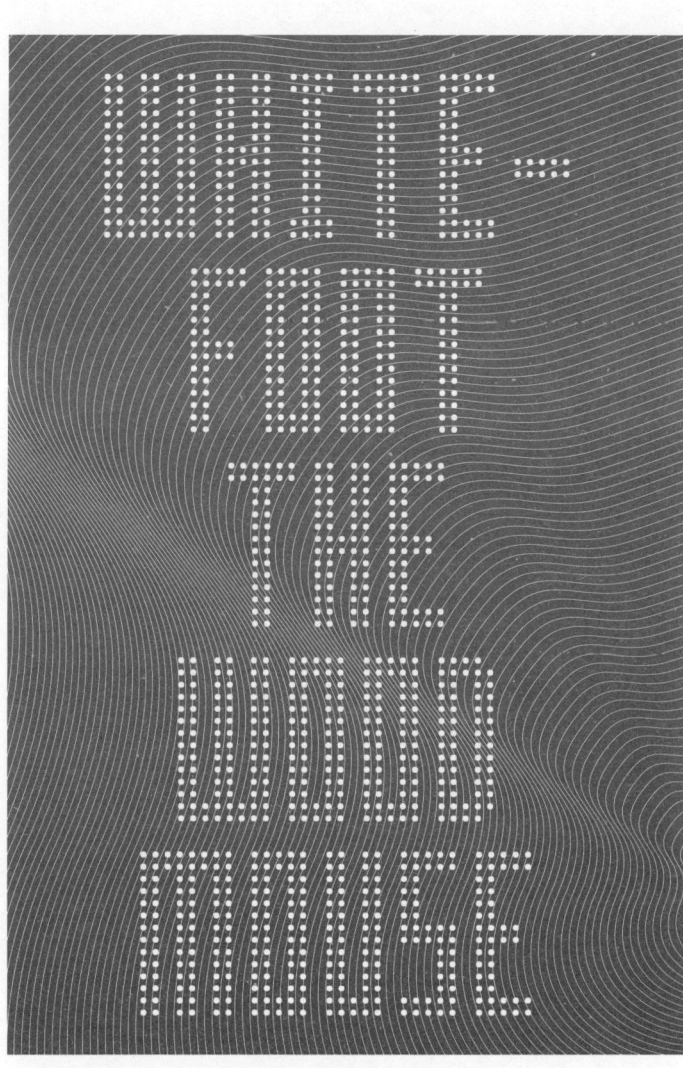

# 第三十二章
# 四个鼠宝宝

有时惊喜出乎意料,
会让你忍不住相信命运。

那是一个让人永远难忘的夜晚。那天晚上，森林鼠怀特富特遇见了太太，她让他回他们的新家。当然，森林鼠怀特富特非常高兴。

森林鼠怀特富特进入他们那个舒适的小房间时，太太"嘘"了一声。森林鼠怀特富特犹豫了。里面一片漆黑。而且他感觉那个小房间好像很拥挤似的，不可能还是他上次离开时的模样。太太站在他的正前方，看起来正因为某件事情而激动不已。不一会儿，她挤到了一边，说："来这儿看看。"

森林鼠怀特富特看了过去。软苔藓床的中间有很多蠕动的小腿和有趣的小脑袋。这是森林鼠怀特富特第一眼看到的东西。

太太低语道:"你不觉得这是最大的惊喜吗?他们是不是很可爱?你不为他们感到自豪吗?"

直到此时,森林鼠怀特富特才认出这些蠕动的腿和脑袋是小森林鼠的。他数了一下,有四个。"他们是谁?在这儿干什么?"森林鼠怀特富特用一种奇怪的嗓音问道。

太太回答道:"什么?你这傻瓜,他们是你的——你和我的。你见过这么漂亮的宝宝吗?我觉得,现在你应该明白我为什么让你离开这儿了吧。"

森林鼠怀特富特摇了摇头,说:"不,我一点儿都不明白。我还是不明白为什么你要赶我走。"

"哎呀,我的天哪。你这可怜的家伙,这些宝宝来了,就没有你待的地方了。我不得不利用这儿所有的空间。他们还太小,不能让你跑来跑去、进进出出地打扰他们。我得单独和他们在一起。这就是为什么我让你离开,一个人去生活的原因。我太为我们的宝宝感到自豪了,我都不知道该做什么好。你不自豪吗,怀特富特?难道你不是整个格林森林里最自豪的森林鼠吗?"

森林鼠怀特富特当然应该立即给出肯定的回答。可实际上,他一点儿都不骄傲。你瞧,他如此惊讶,都还没有时间去回味他有孩子这个事实。实际上,他还有点儿忌妒这些宝宝呢。他们会占用太太所有的时间和精力,这让他很烦恼。因此,森林鼠怀特富特并没有回答那个问题。他只是坐了下来,紧紧地盯着那四个正在蠕动的宝宝。

最后,太太轻轻地推着他,赶他出去。"当然,"她说道,"这儿现在也没有你待的地方。你还得回老房子去睡觉。这儿没有足够的地方。"

森林鼠怀特富特的心沉了下去。他以为他能待在这儿,一切都会跟以前一样呢。"我不能再来这儿了吗?"他轻轻地问道。

太太说道:"这问题问得真傻!你当然能来了。你得帮忙照顾这些宝宝。等他们长到足够大的时候,你得教他们怎么寻找食物,怎么留意危险,还要教给他们一只聪明的森林鼠应该知道的所有事情。哎呀,我的天哪。没有你,他们是活不下去的,我也是。"

听到这儿,森林鼠怀特富特心情好多了。突然,一种奇怪的感觉充满了他的心间。这就是他为这些优秀的宝宝感到骄傲的开始。"你给了我一个最大的惊喜,亲爱的。"森林鼠怀特富特无比温柔地说道,"我想我要去找一些晚上吃的东西了。"